王廉◎著

有人说
历史是一面镜子
其实　它也是一个书记员
抑或是　一串晃晃悠悠的
古往今来众生百态故事
以书　以画　以物
还有以代代口头相传的形式
将历史延展

中山大學出版社
SUN YAT-SEN UNIVERSITY PRESS
·广州·

图书在版编目（CIP）数据

映象/王廉著. —广州：中山大学出版社，2015.9
ISBN 978-7-306-05409-8

Ⅰ. ①映…　Ⅱ. ①王…　Ⅲ. ①中国文学—当代文学—作品综合集　Ⅳ. ①I217.2

中国版本图书馆 CIP 数据核字（2015）第 199029 号

出 版 人：徐　劲
策划编辑：刘学谦
责任编辑：刘学谦
封面设计：林绵华
责任校对：熊锡源
责任技编：何雅涛
出版发行：中山大学出版社
电　　话：编辑部 020-84111996，84113349，84111997，84110779
　　　　　发行部 020-84111998，84111981，84111160
地　　址：广州市新港西路 135 号
邮　　编：510275　　　　　　传　真：020-84036565
网　　址：http://www.zsup.com.cn　　E-mail:zdcbs@mail.sysu.edu.cn
印 刷 者：虎彩印艺股份有限公司
规　　格：787mm×1092mm　1/32　11.875 印张　100 千字
版次印次：2015 年 9 月第 1 版　　2016 年 3 月第 2 次印刷
定　　价：38.00 元

前　言

本书可能是用互联网思维写成的第一部长诗。《映象》作为一部8000余行的长篇体诗歌，只要读一读，大家可能都会产生共鸣并有所收获。比如“人可以没有思想，显然不能没有理性”，又如“当您站在领奖台上接受鲜花，其实内心早已阡陌”。可以说作者是用“五真”在写作：真心情、真爱怜、真良责、真知见、真智慧。在行文上，作者不纠结、纠缠、纠偏，从而达到纠正或传递正能量的目的。

《映象》构思宏大，立体纵深，见解独特，青中老年脸谱，文理经政纵横捭阖，阳春白雪与下里巴人相得益彰，写作手法新颖；故事性、立体性、分析性、现代性四性合一，并以歌咏、讨论与客观检视，给人以史诗般震撼“映象”。

目　录

序章　六线谱 / 1

镜子 / 2
形象 / 5
态度 / 7
五个周期率 / 11
诉求是一杯茶 / 16
国运 / 19
国粹小语 / 22
国情档案 / 24
状态 / 26

第一部　国民 / 31

第一章　脸谱 / 32
定位 / 32
信仰 / 36
心灵鸡汤 / 39

第二章　行囊 / 42
心性 / 42
心声 / 44
心路 / 45

第三章　命运 / 50
唐卡 / 50
生活 / 52
定律 / 54
胸襟 / 56
常态 / 59

第四章　价值观 / 63
面子 / 63
里子 / 64
两面性 / 67
回报率 / 69
运程 / 72
预期 / 79

第五章　国民文化 / 82
地缘文化 / 82
音符 / 88
心约 / 90
行为态度 / 92

第六章　国民诉求 / 96
宣言 / 96
爱是担当 / 103
养心 / 108

第七章　国民危机 / 111
差距 / 111
机会 / 113
峰值低碳 / 116
八股文 / 119

第二部　国家 / 121

第一章　国家信仰 / 122
理想 / 122
理性 / 125
信仰 / 126

第二章　国家责任 / 131
定位 / 131
态度 / 133
责任 / 135
家园 / 137

第三章　国家语境 / 140
思维 / 140
心情 / 144
话语权 / 149
全覆盖 / 154

第四章　国家使命 / 157
底线 / 157
成本 / 160
近忧远虑 / 164

第五章　发展常态 / 169
天平 / 169
治政 / 174
文化 / 176
契机 / 179

第六章　经济版图 / 183
晴雨表 / 183
台阶 / 186
旁观者 / 191

目录

第七章　国家危机／193
经济／193
问责／194
发展拐点／196
对镜自照／197
权责清单／200
国家危机／203

第三部　国际／205

第一章　共识者流／206
音乐会／206
国际化／209
观念／211
态度／216
国格／219

第二章　国际语境／222
语言／222
民生／226
民主／229

第三章　国际行动／231
双边关系／231
艰难选择／236
多边关系／240
人际关系／246

第四章　国际智慧／250
话语权／250
话事权／254
排序／257
智者／261

第五章　危机／265
心魔／265
差距／267
危机／270
检讨／275

第六章　实力／277
硬实力／277
软实力／278
巧实力／280

第四部　社会／285

第一章　多元素集合／286
舞步／286
自然社会／293
实物社会／298
人类社会／301

第二章　社会心态／304
边界／304
神坛／306
文化力／309

第三章　好社会目标／313
标准／313
定律／315
教育／319
好国家建设／325
文化／327
城镇化／330

第四章　建设好社会／336
形态／336
人民／337
好社区／339
国民宪章／341

第五章　行为规范／345
利益／345
改革／346
养心／348
主体／350

第六章　全覆盖／354
国土治理／354
角色／356
政策／357

第七章　民心向背／361
性格／361
反思／364
检讨／366
友善／369

序章

六线谱

镜子

唱着社会主义好　阶级斗争
也能将八九点钟太阳升起
一部分先富了起来的人
拉着不胖不瘦的旅行箱
外出打工　做销售　游学
火火火的小苹果
剥去了资本主义的外衣
发现市场经济　发展是硬道理
人自贱无敌　水至清无鱼
电商让人性上了网
敌我友界　实则像雨像雾又像风
一帘幽梦　开启了和谐社会之门
每个时代都有自己的高地　英雄与伟人
也有卿卿我我　笑口常开的向日葵
人性　自然与建筑
以及文物与实物
不仅记忆千年
也照出我们的
行为　秉性

当阳光扫出我们
青春的亮色
孩童率真　一切雨过天青
少年春分　拔节上长日日新
青年笑靥　春夏秋冬百花吟

中年温性　一个萝卜一个坑
老年铿锵　危言力行分秒争
也有光波下的阴影随行
倘若绿色　给了我们
希望的诱惑
山川　可能给我们
清润遐想的勇气
踏实的大地
却让我们　有了无尽的眷恋
奔涌的河流　往往让我们
激情澎湃
雨露　将我们的心田滋润
历史　给我们的
可能是沉思与感叹
宇宙　只有宇宙
这个看不透的神奇
所给予我们的
却是永恒的呼吸

蒙太奇般六十五年映象
在艰苦创业三十年中
李四光 王进喜　雷锋　焦裕禄
陈永贵　钱学森　也是将星云集
后三十年市场经济大潮
袁庚　郎平　曲啸　张海迪
贝兆汉　王选　陈景润　马胜利
倪润峰　柳传志　马明哲　任正非
有的可谓英雄　有的可敬为伟大

但也有首富或是预言家
目空一切　已然又回到原点

今天我们　是否需要审视
喜怒哀乐　得意与失意
显然　雨水已经
将行进之路清洁
鲜花　美丽而短暂
荣誉　只是台上的记忆
金钱　光彩而迷离
关系　充满未知变数
友善　给人以力量和欢愉
骄傲　可能会受到孤立
谦虚　将会收获多多
勤奋　却是一生的
健康动力

有人说　世界已经融为一体
个性化　正将每一刻变成写真
其实　经济学的二八理论
尚未普及
人生的三七理论　已经流行
社会化的一体建设
常态未完成包围
经济社会的全球化
新常态又展开全覆盖
把握机会
不是为了利己损人

否则　上帝可能会
把短枪长箭
射向我们良心深处

形象

三十年豪情万丈　大干快上
扫荡一切污泥浊水　干干干
国家初级工业化　基本完成
三十年发展是硬道理
加速工业化　大大大地快快快
产品产值做成第一　虽不强但大
信息通讯技术（ICT）的未来三十年
制造业服务业化　服务业制造业化
转型升级　创新驱动　变变变地
成为现代国家建设共同课题

现代化国家的标杆
一定是契约至上
公平公正才有土壤
若视权力为话语构建平台
霸王条款的排他　使私利蔓延
每一颗权力的印章或上锁
都可能滞阻市场与现代化进程
但现实中　人们常常是驻足观望
纵论历史是非曲直

忘了自己脚下每一步
都在历史的起跑点上行走

娇羞式微　自傲孤冷
当下迈步　无论如何自我
都需面对至少六种关系
因为它已植入了我们生活
时空关系　360°空时相切
依存关系　动植微生物相互影响
因果关系　合作感恩和谐奋发
竞争关系　优胜劣汰　适者生存
工具关系　剑走偏锋　胜在技艺
利益关系　价值选择　理想与动力利器
倘若说　世间只有两种关系解释
问题就简单了
和谐社会将不费吹灰之力

延展了中华文明深邃的
共和国现代史
如文明的坚韧穿越
书写着历史丛林纵深
使社会过程史
映象了文化　科技　思想的
发展历程　从而
把共和国推向了
有良心的现代法治社会
让尊严　努力地写在
每一个公民脸上

在 1 + N　定制模式时代
要想自身不至于早夭
只有将自己　置身于零距离
如像航企倡导
A2A 机场至机场
B2C 商户至消费者
乃至消费者至消费者 C2C
成了服务的基需与态度
不宜老唱唐代罗隐的
西施若解倾吴国
越国亡来又是谁

态度

经济社会发展的
体能与动力
可能是一个励志公式
一张青春的纸条
国家　城市　乡村
都需与年轻人一同成长
如果用　1 加 1% 的 365 次方表达
励志一年　可增到 37. 78
相反　消志公式若用
1 减 1% 的 365 次方
一年缩减到 0. 02

正负能量相除
两者差距1400倍
应了失之毫厘　谬以千里

我们总希望　美好单轨进行
可历史　却总是复线运行
《海国图志》说悲催
邻邦也叹魏源情
如同学聚会
也是一场人生复线比较
反映了人们
出世入世及行为方式
在撕扯中前行
也许“90”　“00”后一代
能逃离人生撕扯的烦恼
他们制造　承载　面对问题
拥有坦然　开放　自主意识
以及创新和创造能力
他们无所谓功名
独立　快乐　喜欢就好
或争取Good to Great

显然　人生如六线谱
弹出了我们
荣光　痛苦　惋惜　悲欢
也不乏
冲动、冲浪、冲刺　欢娱
还有那

你整我苦　我恨你霸
或是我相帮忙
你却无情的故事
逢人便传
剪不断的纠思　纠结
纠缠与纠偏
把心绪能量
厌倦地传播
还以为在诉思想之苦
走出思想主义桎梏
个人才智身心矫健
社会进而迈向理性治理

有人说
历史是一面镜子
其实　它也是一个书记员
亦或　一串晃晃悠悠的
古往今来众生百态故事
以书　以画　以物
还有代代口头相传的形式
将历史延展
大江滚滚　群星闪烁
炎黄　孔孟　李杜白
马列　朱毛　邓小平
刘胡兰　雷锋　王铁人
历史书写伟大
也不忘平民

评判历史与现实
自有专人专业专述
不过是非曲直
实难分清好坏对错
国家　一个形态
政治　一种理想
行政　一种治理
环境　一种感慨
社会　一个舞台
人们争说　历史成王败寇
现实　欣赏派利是

历史作为一部时间史
更多记录的是
青年人的歌唱
中年人的拳击
老年人的神伤
最后都成了
人们茶余饭后的谈资
亦或学者们的论文资料
执政者茶杯
还有商人坐骑
历史可能就是　时间过程
期间所发生的一切
显然　都是时间之旅的
藤上蚂蚱

五个周期率

历史显然离不开
五根主旋律
政权　国民　国际　人性　社会
其成长　摔跤　忏悔的
周期率表明
从初时的自勉发奋
步入成功成长起来的
愤青自傲拉风
因昂头做不了检讨
往往用两分法看问题
总认为自己是甲方
不似项羽武功盖世　独步天下
对时间祖父的温告
一直未当回事
以致五个周期率
成了墙上唐卡

国民周期率
公告普罗大众
有信仰　思维传递正能量
有责任　管住嘴迈开腿
有底线　做人做事看敬畏
有贡献　心底有私天地也宽
敬畏　勤俭　爱家　忠诚
是做人本分

国民的理想
安居　乐业　有信仰
国民知道
自己不是国土股东
只是守护与支配者
爱护　增值与合作
却能清醒检讨
如果妄自菲薄　怨天尤人
更有不着调的
或想不劳而获
等着天上掉馅饼
可能有些没门

政权周期率
让我们时时检讨和思考
一曰透明　国民不猜忌便忠诚
二曰公平　弱者有话语权对国忠心
三曰民主　富豪不散财代表不了人民
四曰法治　让权利在格子间运行
国家的理想标准
如何官民同步
合作建设一个好国家
执政者　又怎样把握
政权发展规律
将勤政　公正　合作　透明
荣辱耻誉　时刻鞭之
才可能有政稳　民富　国兴
不然　国之巨轮

有可能偏离航向
政府也就
不大可能代表国家
得到的可能是
不信任的国民批文

国际周期率显示
助邻助困　真诚交往
平等互利　负责担当
更有全方位合作
以及国格国民利益保护
特色主义建设固然重要
普世价值 也非沃土上的废墟
不然　有可能
因为狭隘
把封建主义糟粕或邪恶放大
从而只知老婆孩子热炕头
管它外面下雨或出太阳
以至朋友来了没酒喝
把同志变成对手
让朋友上了别人餐桌
失去了话语权
常常浑然不晓

人性周期率可能电告
人之初　性本善
正直　本身就是坐标
善良　雨天也会有阳光

友好　行走永远手牵手
公道　不是干部
自己也是有级别领导
一旦与利益搅和
恶向利边生
因而　人性在社会行进中
需要装上紧箍咒　何况
人往往只闻其一
不知其二
却自以为明白第三
便对他人放起冷箭
却捧出鲜花
献给自己

人性　通常会忽略
从小　在父母怀抱成长
到了读书工作
有老师　学长与同事领导
尽力罩着和鼓励
一旦长了点本事
可能漠视纪律与忠告
常常屁颠屁颠上窜下跳
不知祖上福荫
师长培育　父母教导
才有了那么一点聪慧

有人说，我就是我
其他可以不管或不关心

比如政府政治什么的
其实　我们可以不关心政治
那是世俗中的高大上
但却不能不关注政策
它如一日三餐缺少不得
人也可以不信宗教
但可不能没有信仰
因为信仰助人恪守底线

社会周期率
可能发来了微信
祥瑞和谐　好社会目标愿景
安全舒心　建设好社会标准
正气光明　好社会的动力源
精致发展　社会进步的成本预算
在社会大舞台上
一体化体系制度
透明　可能是状元郎
和谐　安宁　生态
则是我们的幸运宝贝
社会　只希望
在宪法共同章程框架下
确定好政权与人民
双方合作的
底线与顶层设计
一如甲乙双方签订协议
实施中发生争议　可用
理解、讨论、协商的方法

签订一个个补充文件
合作便会顺利进行

诉求是一杯茶

国家诉求
可能是一桌满汉全席
摆宴地点　入席人员　心情
体现的是国家身份
国民诉求是一碗饭
还有不断改善的生活
与生存环境　尊严
被诉是一个机会
共和国六十五年映象
有不堪的回忆与洗礼
更有聚焦低碳生活

我们回忆　检讨　赞颂
希冀梳理或映衬
一部共和国时间史诗的影子
历史记忆告诉我们
人类只有不断地
进行有价值的创新
而非活在自己套子里
我们就会一点点进步
时间老人说

不怕慢　就怕站
珍惜时光　每天都是新的

当我们一觉醒来
呼吸晨曦的美好
雨露滋润万物
我们的青春之火
就能熊熊燃烧出
中华文明　厚德载物
继承创新　薪火相传
变革图强　绽放光彩
像麦当劳开分店那样
亦或是 TTP　TBT 区国际组织
沿着有益　服务　合作的轨道
有规　有矩　有担当地
驾驶着穿云破雾的列车
持续地　行破茧之旅

如今　六十五年政治走向治政
我们经历了
万众一心的热情
还有敌我友的
合作与斗争
以及浪漫　带来的冲动代价
固执　带来的伤筋动骨
幼稚　带来的累累疤痕
还有过分豪气
加上淘气　偏执

缺乏监督
付出的沉重代价
虽然　历史可以识大体
不予追究
但是　现实让我们输不起

有人说　毛泽东一代
令人崇敬又失望
两分法　可能对历史评价有欠缺
积贫积弱的中国
为共产党发执政许可
是民心　国势　国运的选择
想想马关谈判　论势不论理
甲午海战　日本赢的
不只是赚了1.6亿两白银
更完成了　初级工业化资本积累
中国输的　不是一个《马关条约》
还有三亿多同胞　迈向现代工业化
在渤海的梦断

梦想是理想的源泉
成功的信念
比成功本身更重要
共和国的精神
是毛泽东一代树立的
那是一种生活和民心
生活　谁都希望美好
但可不能践踏别人的心灵

我们都希冀　有个好政府
我们盼望　有个好环境
我们的百姓　成为好人民
一起努力　一起发奋
一同平等地检讨
不怪上责下　左右发飙
温良恭俭让
变得清醒　平等　成熟
通过更好地
合作　讨论　协商
从而你中有我　我中有你
体制内外　官民上下
便会春天般舒展

国运

民主是一场盛宴
国民与国家的面子
也是民心向背　政治生态
国民的政治生存状况
利益团体　精英的讲坛
古往今来　得民心者
无不以民主民生　开明开放
聚人心　人气和德政
现代社会
民主更是国之形象

国运晴雨表

倘若说　民主等于
国家强大　亦或国际话语权
显然是个陷阱
发展似乎靠两个拳头
一个民主　保佑国之稳健
一个集权　保证资源效益最大化
小到家庭　中到单位与地区
以及秦皇汉武　唐宗宋祖　康乾盛世
还有铁血宰相　大英君主立宪
没有一个靠民主呐喊
把国家建得鼎盛
六十五年共和国历史
共产党深知
民心涣散　中庸文化如跷跷板
民主与集权　成为执政不二选择
用了近三十年完成初级工业化
又一个三十年完成了加速工业化
才有了今天一定的话语权

国际社会　一直以来
就中国人权说事
的确　国民吃了几辈人的苦
承担了许多不应有的痛与难
却也干了几代人的事
遥想当年　四面楚歌国际环境
杜勒斯可拒握总理手

邻国可以肆无忌惮
入侵一个主权国家　并且
狂轰滥炸平民　几千万人丧生
怎能不争口气
把国家建得强大
无论用什么手段或工具
国家的面子毕竟大于天
否则以生命论国家
抗战就不用打了

如今我们已经明白
在一个贫困且受欺凌的国家
集权几分　民主几成
实在不易把握
随着财富　民主发展
公平与法制成为保护伞
倘若集权与民主
不能与时俱进
社会有可能走向崩溃边缘
民主与集权大餐
时刻让我们不得松懈
不是几句普世价值观
就能把未来理想
变成满汉全席

国粹小语

今天　我们迈入互联互通社会
顶天立地　温柔贤良
可能也是　男女双方的追求
基需的爱情　可能成了
高大上　白富美
现实逻辑思维　可能变成
他人宵小　自己磊落
索取别人责任　当成爱情
不当老师　自己也是情商不低
别人再智慧　还需提高情商
国民文化思维传承
可能不因为有了互联网
就有根本改变

人活着　总有你看不惯的人和事
也有他人　看不懂和看不惯的你
每个人心中　所承载的乐与痛
不因时间流逝失去感觉
而是懂得　珍惜与冷静面对
放弃　宽容和自我修复
成熟不在年龄与经历多少
可能在于　对讨厌的人事
不翻脸　不揭穿
便懂得了原谅　尊重
以及人活着　给力就是万福

陶潜发现　不求甚解
已成国人永恒阿 Q 正传
郑板桥难得糊涂
境界极致
励志故事曹冲称象
可能演变不了浮力定律
便是国人文化垒积木思维
让四大发明
变成西洋的炮利船坚
文物提系杆秤　用了 1800 年
却让不少人留恋
不求甚解的辉煌
让科技进步变成
凸显国粹表面文章
至今还将自恋当干饭

社会前行　群体文化
常常以集体决策或死于
自贱道德观清单
阮籍葬礼不哭
苏格拉底判死不逃
已成道德家经典
集体否决与评估
无论历史检视　多么地丑恶
往往成为交学费的语言

国粹认为　五千年文明

沉淀的十大智慧
上善若水　处世不争
大智若愚　勿恃聪明
淡泊恬适　明心立志
滴水穿石　贵在坚持
厚积薄发　以柔克刚
海纳百川　包容涵藏
戒骄戒躁　平等待人
涵养心性　静定归真
心诚则灵　唯德感兴
大道至简　淳朴自然
其实　这些哲理层面的语言
还需分解成科学流程
与数字化技术方法　方可操练

国情档案

中国地势
三个阶梯对应三个板块
青藏高原第一阶梯
属欧亚板块
中部内蒙往南第二阶梯
为印度板块
沿海地区　归太平洋板块
西高东低　北寒南暖
形成了七大方言系统

吴湘赣客粤闽北方言
普通话国语统帅
南北东西 56 个民族
人口几达 14 亿
陆上海洋国土
过千万平方千米
大约为元代鼎盛疆域一半

历史文化
深受伦理道德影响
儒释道思想　孔孟老庄
老子年长佛六岁为兄
老子长孔子二十可为师
同时代人创下思想辉煌
皇帝　思想家　文学名人　贤臣良将
绘画　书法　科技　文学　音乐
还有雕塑　玉器工艺　建筑园林
凝聚成文化国粹
书写了五伦　四经与三纲
把国粹经典
武术　象棋　麻将　围棋
装进了八大菜系
浓缩成了孝顺　节俭　和贵
忠义　好施　勤俭　敬老爱幼
谦虚　安贫乐道　宽容　推己及人
12 种传统美德

国民信仰

已经多元化
佛教过亿之众
已成世界第一大宗教
用戒定慧
与四谛八正道理论
奉为佛家智慧精神传播
本土道教包罗甚广
坚信人与自然相通
生命受因果报应控制
与佛家有些异曲同工
但其炼丹术
提升了　医学　化学
及人体科学发展
与基督百万信众　天主教 400 万信徒
和伊斯兰教 2000 万人
对社会发展的态度
同鸣之声响亮

状态

如今　国家状态
已从建国初的经济尴尬
有些名利双收
所以　不能不说
六十五年这一刻
世界第二经济体

从建国初人均十几美元
已过 6000
乡村治理　医保社保
住房建设　基本全覆盖
科技　国防与社会建设
已成欠发达经济体榜样
国际地位
除不丹等少数几个未建交者
WTO　TTP　APEC
中国渐成负责任大国
主导　参与地区与国际事务

当然　我们亦面临诸多危机
和谐社会建设
一体化与全覆盖机制
任重道远
美学　哲学　心理学
以及家庭与法律等常识
远未普及
国民信仰　行货不多
水货　二手货却不少
人们太想富　太想比　太想高升
从幼儿园开始拼爹
中小学体育场竞技
一路杀气腾腾
迈向职场

比财富　比速度　比权力

比人缘　还比收藏爱好
今年赚10万　明年赚100万
后年来个大满贯
住80平米想100平方
得一想二眼睃三
希望一天喜事不断
一月进项多多
一年几次升迁
甚或把自己变成商品
关系　权力　青春与时间
统统标价
烤成冬天里的一把火
若只崇尚权力　金钱和面子
国民心理健康
可能也成永久痼疾
需要厘清　扫除和手术

从大处讲　是否应该关心
国家发展　城镇与社区
从小处说
是否该关心门前卫生
每日扫扫灰尘　捡干净垃圾
门面光鲜　心情愉悦
锻炼了身体
维护了环境
那是多好
不要老想好事
以致达不了目的得了抑郁症

我们已经知道
由于　只顾自扫门前雪
环境已经恶劣得
让人耻笑
心情狂躁得
连糨糊般黏和力也很少
如果　总把赤裸裸　视为直率骄傲
可能裤衩露出也不知
还以为是
在沙滩上穿比基尼

中国是多灾多问题国家
50%以上人口　城镇有灾有难
民族多　人口多　收入不多
如果我们仍不珍惜
仍然自以为是地消费　恶搞
街边脏乱差　垃圾围城
小区可见烟头纸屑
大江大河水中与沙滩
塑料袋漂浮
以致枯竭的淡水　肆虐的排污
勇冠全球能耗的 GDP
每天 8000 人死于癌症
五亿地方病与肝病患者
却漠然惊诧
显然“东亚病夫”
已成达摩克利斯之剑

直指空气　水与食品不安全
还有国民狡黠的贪婪
商家无良的行为
权钱交易的肿瘤
未来　请君分析共勉
档案　留存下翻

第一部 国 民

国民生存多艰。

从古至今，国民有草民、子民之谓，臣民与百姓之说，居民和公民之称。称呼变化，大致反映了古近现当代社会变迁。

一部国民史，既是创造历史的智慧史，也是一部民族文化心路史。追昔抚今，六十五年的国民史显然更近距离振聋发聩。

国民史，说具体点，是一部讨生活的历史；说好听点，是美好生活追求的过程。期间，诗歌戏曲的书写演绎，因时点、舞台、演出人员的结构差异，精彩与韵味也就有了天壤之别。

今天的国民，既是国家公民，也是互联网新闻工作者，以及国家利益、社会建设责任者。当每一个公民背着行囊讨生活，荣辱耻誉，能装下多少？

国民的责任与行为能量，在博弈中书写命运。

第一章　脸谱

定位

年少骑驴赶集
放飞理想
年轻时骑车上学去办公室
愿景富丽美好
中年骑驴看唱本
年老骑墙观人间沧桑
人生　可谓选择性芳香
贫穷与富有　可能都有许多彷徨
理想的节点与决策行为
也就在一夜之间定性

长大长熟了
可能终于明白
人可以没有理想
显然不可以没有理性
理性是行驶的帆
不应是贪婪的垫脚石
如果理想　成了盛脏物的碗
我们可能会
自以为万物主宰

能随性而为
砍伐森林　擒捕动物
似觉天经地义

君可见一些人
赚了几个钱
以为可以买下故宫
也有一些学子
能写几篇文章
自诩为才子
已有个别官员　站在庙堂之上
指点江山　山川人物
都以为是部下
还有个别老农
争了半世田边地角
到头来一身病伤
人性的贪婪
与人生定位
实在不易

三七理论告诉我们
房屋　手机　汽车等等
百分之七十功能闲置
人可能为了追求生活极致
将大部分精力
放在无用的追求上
显然　人生最好低配
品德　工作需要高修

关系　享受最宜中挂
倘若将生活　看成人生极品
工作可以马马虎虎
要求报酬深不可测
可能会注定　你的爱情
以及生活工作
将请来折腾相伴一生
因为　人性
从来与贪腐夸张并行

人性　面对生存
是勤奋　勇敢的
在权力面前
人往往是高傲的
徜徉在竞争中
可能不顾一切
在享受上
人性往往自私
在利益分配中
人性是否可以定性为贪婪
就有些见仁见智了
显然为了人性
不至于左右摇摆
将制度的透明
装上法则　民主　公平
至少三道以上监督笼子
方可能约束有力

倘若在人性家园里
老中青少　官民之间定好位
大家热热闹闹地
乘车　交流　或是
乐呵呵地吃冰激凌
在社区长凳上谈天
在小区图书室看《武则天》
到乡村水库钓鱼
买把青菜回家煮面
将路边垃圾捡起
在家　温馨地看电视
想想古训
十年修得同船渡
百年谋得共枕眠
不是一家人
进不了一家门
把爱当成责任
让情回归共性
那有多好

其实　人与自然　心心相应
何必看高自己　贬损他人
人体有 365 个穴位
对应一年 365 天
人体有 12 条经络
每年刚好 12 个月
人体有 24 节脊椎
四时恰有 24 个节气

人体与大自然吻合
与地球共同呼吸
世间万物　对应宇宙
地球自转　产生磁流
大雁南飞　天地呼应
生物万种　实无贵贱之分
同理　中心之说　不宜乱用
显然　明确身份　可少非分

信仰

互联网　将国民
打造成演说家　作家与新闻工作者
任何人的投资　付款与收入
想要健康或回报最大化
都可能与信仰有关
信仰　说高点
是对自己的人性定位
给他人与自己尊重
说实点
合作中愿意让利的
喜欢主动埋单的
工作时　愿意多干且有承担的
吵架或有隔阂　先道歉的
愿意分享　并关爱帮助别人的
都是有爱有信　有担当的表现

大爱无疆　小爱众享
人类进步　细节留芳
前 100 年留给自己活好
后 100 年交给上帝安排
信仰　可能助你不至迷航
一如航船　看见航标灯
飞机导弹的 GPS 导航
左宗棠留下名言　人生最好
发高等愿　结中等缘　享下等福
择高处立　寻平处住　向宽处行

信仰　不只是
人生敬畏的灯塔
还是行为行动的考量
在家行孝　在外守纪
显然　都是信仰的盛宴
倘若居民
衣不蔽体　食不裹腹
我们　没理由相信
宗教伟大　政治清明
政府是个好政府
社会是个好社会
倘若你不信仰宗教　党派
却在实际生活中
能担当　仗义　助人
也是一种社会信仰
并且是高尚的

甚或伟大

信仰　国民有自由
也是心之所属
当信仰变成了排他的东西
就是一种羁绊了
当你选择了
佛陀或婆罗门
对上帝和穆罕默德的忠诚
恐怕难以三厢齐顾
同理　选择了
混合所有制
对其他模式发展
只能兼而有之
熊掌和鱼可兼得
却难以两全其美

国民　是一个背着行囊
讨生活的过程
无论你多么富有
做了多大官
都是一份职业
一份生活
所谓人不为己　天诛地灭
佛家本义是
人不为自己破五戒
自然不会　造成新灾恶果
这样的人　才不会遭报应

人心不足　蛇吞象
好了疮疤　往往忘了痛
国民　有践踏自己的能力
可能　没有资格
践踏自己

心灵鸡汤

国民的心灵
可否用三心表述
敬畏心　是人格
做人做事的根本与形象
展示的是
尊重自然　对手　同事
以及亲朋好友
还有做事的边界
感恩心　是人品
敬老抚幼　给力单位事业
感谢亲朋同事
及一切帮助过自己的人
人不感恩　兽行彰显
行善心　是人性
它以正直　善良　担当
作为己任
这样　心灵的鸡汤
可能才会养人

追求完美　是美好理想
接受残缺　是健康心态
不强求执着　可随遇而安
不自以为是　能淡然面对一切
寻找到适合自己的速度与方式
不因疾进而不堪重负
莫为迟缓而嗟叹
当你领先别人一小步　常会遭嫉妒
若领先一大步　可能受人尊重
但若超越一大截　别人则会跟随你
你便成了最大的奢侈品
国家有界　思想无疆
钱能买得起的　没有无价的奢侈品
人能懂得的　多为已知领域
人不明白的　可能多是自己的无知
当你把狮子看成老虎
离失败就不远了
若将猫视作老虎
你可能真正成熟了起来

六十五年尚不足
世纪轮回
方脑的记忆
留存在书橱
圆脑的脚步
又走进机器人时代
过去　我们论证并相信

人类从猿到人
生物进化
是大自然众生的
时间正史
它也告诉我们
历史是人民创造的
但是　今天
却忽然有证据说
这些　已经有待留存
产城演进　双轨并行
红宝书如飘逝的花头巾
《读者》《故事会》《家庭医生》
写下床头读物之春

面向未来
历史　已成为一道小菜
倘若纠缠过去
意味着纠结
可能有伤身体
中东的人肉炸弹
显然是心灵认知的纠缠
乃至纠偏
然而　纠结纠缠纠偏的民族
往往难以纠正　走出阳光下
恩怨情仇的阴影
损失的　可能是
永无边际的心痛

第二章　行囊

心性

人的心灵　可能只有
保持春天般温暖
才有葱葱绿叶　百花含苞
因为人的一生
总有曲折相随
获得灿烂
是有屈辱与泪水浸盈
享受尊严
可能内心早已阡陌
起舞弄清影　高处不胜寒
欢笑与泪滴
何时长向别时圆
希望如邓丽君所唱
但愿人长久　千里共婵娟
怕只怕　定力随风
难付十年坚守

倘若心性随风
潇洒的守候
可以配合为圆心

美国人就想得实惠
以世界为国
把美国文化到处传播
将祖国为家
乐此不疲常常搬迁
练家子旅游文化功夫
成就美国人现代精神领袖
却也道出了成长心性
小布什访问中国
言说床头案头
有三本必备读物
《圣经》与《道德经》
还有美国读本
不知是奉承
还是念的《山海经》

然而　让国民长脸的《道德经》
作为国民圣经
国人有奉为神圣的
也有说一文不值的
作为一种信仰
道法自然
与祈福是两回事
国民把祈福与信仰同语
显然有违
宗教或信仰初衷
信仰　是积德　给予
祈福　却是索取

心声

国民生存
是背着行囊讨生活的过程
心路　实为行为之路
每一件事　做精可敬
做劣　不太可能受人尊敬
如果放了大蒜做调味品
还想放生姜
让美味再美百倍
谓之追求完美
使胃之贪心永无止境
三分人才　七分衣裳
为了面子和形象
国人可能也要改变些许

譬如　哪怕装装样子
也要培养习惯
如在案头备本什么
床头放部中国圣经
把电脑挤出寝室
让鼠标有闲
只点好奇
若是到寺庙只为自己祈福
就不要相信有宗教了
若是读《三字经》《千字文》
把未来托付国粹

可以解决问题
那可能就不要信仰了
因为你只信你自己
会是天下第一的神
最牛了
还有什么可信的

心路

国民心路
左手牵着传统文化
右手握着文化商品
显然都是口粮
做人　做事　做服务
如一日三餐
诚实　守信　友善　微笑
质量　遵纪　秩序　安全
可能是我们的
新三大纪律八项注意
从而锻造出令人品质
不在得意时忘形
若要说一千个问题
可能只解决一个实际
显然叫忽悠
令人心动地
讲一千遍道理

不如给一个示范
更能让人心花怒放

有人说　最好
中人观点做人　西人行为做事
其实　中西合璧
可能是最佳模式
古今中外
经验教训告诉我们
精英与非精英
决策科学化　过程显聪明
往往　精英战术上的勤奋
与战略上的懒惰　排他和无能
以小搏大的逻辑狂傲
和理想主义
加上搜肠刮肚的辩白
事情可能适得其反

小到曹植七步诗
大到始皇灭异　却二世而亡
蒋干自聪　陷丞相 80 万军魂
拿破仑才华横溢
却败滑铁卢
乔布斯技胜比尔
战略上却败给盖茨
以至 Windows 一统天下
肯尼迪越战和稀泥
使鹰鸽两派　自以为赢家

助长了麦克纳马拉精英团队
伪证连连造陷阱
不仅 40 万美国士兵伤亡
还使一个头号大国
颜面尽失
诚实　最佳品质
表现为他人着想

朝前看　时尚牵手趋势
一江春水向东流
光阴　机遇　发展
似日出日落　稍纵即逝
当教科书的工业化墨迹
还在芬芳
信息化又将国民
推进大数据海洋
互联网的海量
显然在告知国民
猿人　生物进化之说
虽入彷徨
但达尔文　马克思没错
时间史
正在不以人的意志
心潮逐浪

国民心路　生活史
由轰轰烈烈曾经相爱
卿卿我我变成传说

但都在
书写鲜花　收获　凉意
还有冰雪的激情
荡漾的惊悸
青年人可能追求
飞蛾扑火式的执着
中年人更以磐石般的意志
创造力与磁石般依恋
打造春播　夏育　秋收　冬藏
从而在幽深狭长的
历史长廊里
面对平原的欢笑　春天的喜悦
城镇的欢呼　刀劈斧削的崖壁
迎来浪花朵朵

正如共和国的摸爬滚打
走过了凹凸
才有缓缓抚平的
岁月　春茗
65 岁无论时间长短
历史的天空
一壶浊酒喜逢笑谈
感叹人生苦短
一壶浓茶话说古今
沧桑巨变　人之有情
一副麻将噼啪声响
嘻嘻哈哈　总比暗地使计光明
一曲戏文华章满心

唱一曲比不唱有声音
走过的都是　一部史诗
抹不去　挤不掉
赤橙黄绿青蓝紫的
七色痕迹

时间　允许国民幼稚
也原谅犯浑　张扬　霸道
但现实好像
不允许犯错误频率
高高飘扬
权力　代价　成本核算
好好掂一掂
一个人干不过团队
一个团队干不过系统
一个系统干不过趋势
反过来　一个人
往往也可以将趋势逆转
阿拉伯之春　柏林墙倒塌
似乎可归结为一个人的故事

第三章　命运

唐卡

青春的来临　是公平的
苍老而去　也属必然
我们总会想起
命运的脚步　青春正盛
以梦为马　人和　家圆　行为暖
经历的故事
成了永不过时的传承
川剧脸谱　已成非遗
国民面罩　细节记忆
流行在课本　书刊
以及文件里的映象
也是一种精神
倘若　家有贴板书橱
别人不会认为
它比黄杨和花梨木价贱

人的命运　也是国民
挂在墙上的唐卡
把中华民族
这个多民族存在

表述为
长江黄河珠江　父亲母亲姐妹河
炎黄二帝　加百姓的印记
淮河黑龙江秦岭名川大山的
民族图腾
国民不宜一直戴着
一张少数民族脸谱
沿袭至今
让外国人把柄
自家人笑谈

当然　人的生命
可能是一只碗
盛着善良　信任　宽容　真诚
也载着虚伪　猜忌　狂野　恶劣
国民　作为一国之
生活存在
是文化　地域　山川　族群
共同基因
帝王将相　科技精粹
不是基因库的全部
自然　实物　国民资源
才是人类财富总和

生活

正能量的传递
更表现为民风向背
科技创新　教书育人
民众心情开朗
到处充满笑语
历史不姓吹
国民姓民
它是一个生存命运
一个讨生活的过程
在循环上演

国民命运　显然有三个脸型
生活　就业　信仰
一如空气　水　阳光
是生存的必需
国民命运的记录
有蜀锦　苏绣　剪纸
张小泉刀具　刘锣锅烟袋
以及鼻烟壶　氢弹与豆腐
国民希望
家乡美丽　城市骄人　乡村生态
民风干净　家庭和谐
人性自在　人才各归其位
在心一芳

而心态的命运
可能感触良多
如果我们
把下一代的地都耕了
让他们　无所事事
或只能　更多地乘凉
亦或干些杀牛宰狗营生
也不能
把今后十年的钱赚了
让小弟小妹小侄喝稀饭
倘若把后人的话也讲了
说自己前无古人　后无来者
那就心态如泥了
老想着耕别人的地
却有可能荒芜了自家的田
以至　里外不是
收获难以估量的尴尬

国民生活　千千厥歌
倘若　沉浸在自恋之中
有可能　把人间划为敌我友
伴随古往今来的
许多不确定　就成了必然
其实　国民生存
不一定地毯铺路
即便黄金叶遍撒
却少不了
让知识精英　参政议政

让商界精华　有一抹阳光
让社会精灵　一展个性
让普罗大众
诚心表达心情

定律

诚然　国民的爱是有条件的
爱乡　乡愁也要展风采
爱国　就业生存生活有环境
正义　安全斗恶不疑
有平等　尊严
需要耕者有其田
爱　是半斤八两的天平
倘若把愚昧
当成仁爱
家庭便会谎言成堆
古人言　富不过三代
是说财富传承
到了第三代可能败家

虽然不一定是规律
但钱承载历史的能力
因为如蜜糖罐罐
泡不出红润的脸色
倒是勤劳可以养生

节俭可以振奋
懒钱懒人懒政遗害的
不只是　天地君亲师
可能还有
国民风气的不正

想起佛教的经典
尊人为佛　天大地大
却似乎也需升华
不能让菩提加耶
四周垃圾成堆
我们也有过秃了山头
毁了“四旧”的经历
却称之为革命
与印度教尊物尊自然
显然有些悖论
过分依赖随性
常常一叶障目
把自己当成唯一
也就逼仄了
共同生存环境

遥想世界文明中心
为何一个人的阿拉伯之春
叙利亚就有 200 多万人伤残
还有 2000 亿美元失真
文明演绎至今
信　却是基督教徒的神圣

佛教的相见是缘
修　是佛家弟子的永恒
世间对不屑　不公　不解的无奈
是似人间自有曼陀罗

胸襟

人生在世　百年顶天
好好平淡　活得真性
扫地　打字　洗衣
劳动　舒筋活血
适当多干　坏不了身体
又树立了形象
大事做不好
个人容易极端
小事也不做
令人小瞧
遭遇青春　成就了的
可能是奔驰的时间骏马
把历史延伸

人生就是大厦建设过程
土建　打桩　竖柱
每一件都马虎不得
总想天上掉个馅饼
院子里走来个林妹妹

受伤了　不好意思哭
伤重了　想死死不了
冯唐李广　命运不济
想入非非　无望盼助
此路环生　专业不精
以至走过而立　年近不惑
大梦一场
人最怕 20 岁不知轻重
30 岁不知自己
40 岁没有专业
50 岁还在为钱
60 岁白白操心

显然　生活已告诉我们
珍惜父母　只有一次
珍惜亲人　只有一回
家庭稳固　四世同堂
夫妻红脸　难说爱恨
诗歌戏曲般的
婚前爱情
结婚后新闻简报式的
锅碗瓢盆　都属正常
总不能每日处于激情中
一天泡在蜂糖里

死于安乐　健于勤谨
情海苍茫　痴心风冷
爱是呵护和付出

二者可能混淆不得
家庭港湾　夫妻为伴
上帝早已安排
倘若仍不知足
企求改变对方
显然不如　好好改变自己
人性之美　美在质朴
家庭之美
美在老人呵护
中年硕果
青少年活力
若高唱个人私欲
可能会把好端端家庭
解剖得四肢残存
更有攻击一点　不及其余
显然就有些自己恶心了

命运之美
在于参与合作
如今国人　太好追求极限
弦绷得太紧　易走极端
太想赢　也输不起
连个中小学生运动会
以班集体名义
争个你高我低
太想富　认为有钱万能
其实　腰缠万贯的富豪
有几多没有血腥或是卑鄙

有些人富了　却穷奢极欲
不肯散财助人
我们不仇富
但提倡勤俭为人
命运说　承受了太多好处
人可能会短寿
因为人的消受有限
吸收太多营养
不得癌症就烧高香了
还有国人
为邻里三尺地皮
有清华博士参加斗殴
弄出血案的不值

常态

今天的国人　好像
太想出人头地
太想成为富人
走在路上　想捡到钱包
睡在床上　想明天穿金戴银
做生意　厘毫不让如打仗
周期长些又讲运程
还有把命运交给几个道士
不以正能量做事

别有一族
讲时尚速度
不给慢人慢生活机会

如果让一切回归常态
不紧不慢生活
不急不恼做事
平平常常为人
干干净净执政
那该多好
不然　我们可能把良知摔碎
把正义　关爱与健康
搞丢一个世纪
以至　贻害天地君亲
乃至自己

生活之美　心灵奠基
爱国　爱单位　爱家
缺一不可
倘若 A 代替 B 或 C
那是抢爱或偷窃心肺
大爱好处无穷
小爱也是实实在在
身心调适　朋友幽默
何况单位　衣食父母
给你白天　给你工作
给你薪金生活
苛求今日发加班费

明日涨工资
欲壑难填

物质追求
显然不能永无止境
倘若弄得地老天荒
一个诉衷肠的地方
也没有阳光
人　那是多么地悲情
故人有训
吃亏是福
不吃亏可能隐祸
感恩　好像不应是
挂在嘴上的喇叭
只让自己姓吹

我们似乎可认为
家庭　给予了你温暖港湾
在家　我们只是一个成员
不能老板着个面孔
好像别人欠自己的
烧菜　洗洗碗也好
不能像坐电梯
老要上上下下
以至没完没了

其实　把珍惜视为上帝
你就有了成仙的机会

千年练得做父母
百年修得为儿孙
什么事生怕吃了亏
有了权钱想当老爷
交往怕亏本
生怕自己
做了小媳妇
甚或英雄主义的贡献
就为了吃独食
没有成绩
怪别人不配合
其实　人呵
唯有做好自己
才可能不愧对良心

第四章　价值观

面子

面子是脸　也是双刃剑
面对弱势　面子是为善
面对强权　面子应为正义
如果 EMBA 教授讲案例
常把百事可乐诡计
亦或把马云一般生意经
当成经典版本
民间故事高手
便误入了大学讲坛
以致把学员引向歧路
凌驾于哲学科学之上的
顶层设计面子
又让金钱　商业　权力
变成了崇高
科学与科学人
成了附属
可能还以为
是冠冕堂皇的常态

常态　是面子的正能量

当一觉醒来
孩子　爱人与长辈
还在安睡
或准备早餐　上学上班
我们就应该
感谢他们的
温馨陪伴
感谢有一个
停泊的港湾
一个累了
可以休息的家
寂寞了可以有人说话
倦了可以沉沉睡下
烦了可以吵吵架
生活显然就该知足了
多好

里子

身闲心无事　白日为我长
面子是别人的多
里子是自己的甜
领导不是领袖
导师不是教练
不要光想着
上午有人送礼

中午有请喝茅台
下午 KTV
晚上还有桑拿
赛神仙式的生活
好像是现代的追求
其实　人何苦一日三餐
把个碳水化合物肚囊
当成宝葫芦
实则垃圾桶
心血管疾病　肥胖症
高血糖与癌症
这样的里子
自然有些后怕

倘若一天过来
工作忙碌　同事和谐
朋友电话信息
客户有疑约请
领导有事交办
月底了
领了工资可养家糊口
就应谢谢同事帮助
似应感谢领导信任
祝福单位
给了吃饭的工作
事业慢慢来吧
工作似乎可以满意了

如果一生走来
简衣素食　粗茶淡饭
自己健康　家庭祥和
儿孙当有儿孙福
凭勤劳双手
不愁屋漏食缺
如果没有做
对不起良心的事
也没有晃晃悠悠
无所事事
或是别的什么遗恨
人生的里子呵
似乎就是福了

当一月一年走过
一家人平平安安
单位没有风波暴雨
自己虽没赚多少钱
却也能三餐温饱
社区安宁　城市环境四星五星
家乡没有灾难
显然　我们应感谢它们
为我们的生存空间里子
提供了
赖以立足的环境
理想与愿望
就都有报了

两面性

自由　是为了
保护我们那一亩三分地
不受打扰
平等　则是
让我们走出家门
共享阳光普照
博爱　不是泛爱
应该是建立起
人与人　自然与社会之间
和谐相处　助人为天之道
小康　为了讨个好生活
不搞阳光下的阴影
法制　让我们时刻谨记
哪些是不可为之的
否则　可能祸不单行
道德　修为的润滑剂
友善　人生行为的底线
都是不可或缺的

国民的两面性
正面　是一张阳光脸谱
友好　祥和　传递正能量
里面　收藏着尴尬　两难
也可能有　疯狂　龌龊
如果说　人似精灵

历史如海如风
学问就如山了

譬如　宗教得益于巫术　占卜
与数字计算
是学问之祖
它解决人们的心灵归属
政治可能源于宗教
是学问之舟
解决的是社会组织管理
哲学显然源于宗教与政治
应是学问之母
解决人的行为价值观
科学有可能
源于哲学与政治
是学问之父
解决的是
社会发展行为与政策
技术相信源于哲学与科学
是学问之手
解决人类生活　生存与发展
国家股份公司
才可能如东升朝阳

在一个细节定成败
精致定质量
精准看效益的
互联网时代

战略便会细致地
回答做什么　怎么做
和谁去做
任何人　任何事
以及任何行动
可能如荣格说的网格化
定点表现角色
扫个二维码那般简单
不宜堵在自己的交会点上
前后左右　东西南北
选择不得

回报率

我们可否
少些诉求　多些行动
不要问为何没搞卫生
或是工作留首尾
辩解为忙或没心情
那样的相处
可能没有意思
如果有人问门前为何脏乱
若答不是我们的事
显然做人也没有意义
倘若有了点能力
便认为可以训导别人

那就可能浅薄了

比如　在一个巨变时代
当国民获得了
心仪政党
民众可能
以鼓掌方式
给予执政许可
企望回报率倍高
国民　常犯的错误
可能对执政者　过分信赖
或是一票否决
显然　这是国民私欲所致
由于心灵的贪杯
人性的不知足　还有
我给予你笑脸　总想
失之东隅　　收之桑榆
这样的双刃剑
不伤别人
也可能伤及自己

十年媳妇熬成婆
我们常看到强盗吃鸡
没想过别人挨揍更多
Windows　让一个企业
统治了世界多年
比尔·盖茨的抱负艰辛
有几人能理解

Iphone 苹果
掀起一场热战
让人好生羡慕
可别人的凤凰涅槃　又知多少
安利的自然风刮了几十年
人家也是有几下子的
没有科技含量的
可口可乐
以及麦当劳七十年
开了三万多家分店
与沃尔玛一同横扫
科技力　文化力　思想力
不要老论品牌万能
科技无敌
精神　机制与方法
更是生产力

显然我们不能以为
赶跑了黄世仁
就没了刘文彩
分了田　分了地
还分了浮财　最好
能分到
地主的小老婆
或是丫环也好
打倒了地主资本家
自己更想
像地主一样　长衫马褂

像资本家一样　羽扇纶巾
像大臣一样　轿帘鞍马
于是人性周期率
可能诞生一个激情社会
从而产生激动的国民
还有激动人心的　运动
激烈的矫枉过正
一边倒的国民风气
可能也就　形成

运程

国民可以选择居地
显然难选国家运程
商业作为年度话题
学问是一生的事业
事业则为一辈子的人情
治国为世纪的歌
当饥饿是一条蛇
袁隆平说自己是来抓蛇的
三十年吃不饱肚子
历史可能记录为交学费
好在不堪一页
颤抖地翻过
让一部分人先富了起来

安徽芜湖年广久
成为民企与开放符号
还有曾经小他一半多的
年轻大学生妻子
也欣然加盟
国家政策书写
小商小贩不仅成了
物流与时代弄潮者
三十年蜕变出
民本经济新壳
回报历史的延误

回报　是会计账
也是历史统计
鲜卑改姓　王黄不分
昭君出塞　文成公主成藏民
湖广填川开发西部
国民史　也是一部姓氏变迁史
80 万北大荒人
生产了比广东还多的粮食
8000 湘女戎边
稳定了男人空间性态平衡
更使 160 万兵团官兵
守住了三分之一省宝
安宁了边疆和粮食符号
在 14 个沿海开放城市后方
又筑起一道
新经济长城版图

国际旅游岛
以及放鸡岛开发
17000 条渔船远洋捕捞
在 150 个国家讨生活
只差没架天梯
协助月宫吴刚砍树

国民作为一种
生存形式　其复杂性
往往被简单化
国民的运程
承载方式
不一定都精彩
审视　给思维套缰
历朝历代　都这么做
过激的　如焚书坑儒
平缓的　改良改革
但经常　犯下一些周期性毛病
刁民　恶政　声声不绝
显然　我们真该时时看着地上
是否平整了路面
将快倒的植物
上前扶一扶
心往一处
可能会熨平一切凹凸

中西对比　虽现参差
道理更为明确

民主　自由　平等　博爱
西方冠以公平示人
中国以关爱　关怀　互助
相互帮扶作为誓言
深层次的规律
又有了
沿海助力内陆
东部扶持西部
军队支援地方
社团组织介入
希望　建立起社会主义的
核心价值观
不仅仅是　西方的
普世价值　一统天下
或是资本主义
骂我们党国党民党军

进一步说
单边的目标
引入多边的桃李
可能会更加多彩
文化是互为渗透的
信任也是互为关联的
单方面宣言
肯定是霸王条款
正如夫妻吵架
要平等　又不谈付出
那是欺人

大道理讲
西方　往往思维错在
自以为是
说是　自己的最好
让人高山仰止
中国的问题
也有不少毛病
如拒绝　自恃清高
可否这样思考
国民思维　好的东西
最好洋为中用
不要拒绝
一切的美好
人类共同财富
除非我们犯傻

国民性的弱点
想想当年红旗招展
一夜之间　学校停课
农田歉收　工业萧条
国民的心情　如海水退潮
吃了上顿没下顿
粗粮野菜将就活命
中山装穿了几十年
旗袍　花衬衣
成了小资阶级
走出泥泞低谷的日子

对执政党的热爱
又往往变成愤怒
乃至升华为
刻骨铭心的仇恨
这可能是民族不成熟的
隐患作祟

当我们拒绝了空政
却又盼掌舵者的铁腕
能救万民于水火
矛盾的心理
幸好遇上梁山好汉
改革　春风方渡玉门关
机会　让国民
看到了希望
六十五年的历史
让我们明白
国民是人民
国民也是　居民
居民　要安居乐业
居民还是　公民
国泰民安的公民
似乎对政治公平
也要心有所属
才能芳心所在

当然　也不能说
国民要求　无所适应

定好游戏规则
监督与自律双轨并进
国民也知道　希望自己
一天比一天争气
把生活过得风生水起
同时也明白
施政者　做好太难
做好了　社会称道
国民心情大好
为自己祈祷　国家庆幸
祝福祖国万古长青
祝愿政权一天比一天
更加诚信
否则　国民会诅咒　骂娘
还有动刀动枪
把星星之火　点燃

经验告诉我们
每一段岁月
都有单曲循环相伴
女人做瑜伽
被誉为心灵与精神运动
男人打太极
一生的身体底子
国民的心情
也要　张弛有度
瓦窑烧砖一周
红炉打刀淬火

国民的修为
走向成熟
不要以铜钱论家底
以官阶论英武
世俗　在于出世
不在于媚俗
俗透了
可能　也就烂掉了

预期

人性预期　尚无精准模型
行为规范　已有标准计算
佛陀神明　琴弦止苦修
牧羊小女
碗奶惊醒梦中人
释迦王子终明白
世间无佛　人人皆佛
供佛供法不供僧
出家不养懒人
六祖得道　酒肉穿肠
信仰　实为约束作恶
得意　尽欢不助人
可能孤独自身

每个国民　都是人

尽管佛说　人人神座
国民历史显然表明
秦始皇功恶流芳
汗血马绝不服输
元曲不低唐宋词
毛刘周朱
也还需雷锋叔叔
千秋照耀的　还有
算盘　笛子　榻榻米
以及小夜曲

国民思维预期
可能也要检视
在家　把对方当成工人
希望温柔娇妻相伴
在外　彩旗飘飘
自己肆意妄为
实则呀
以剥削张扬幸福
在单位
总自诩高明
故弄玄虚　精明过人
别人一出招
说见过想过
俨然成了
先知先觉之师

在社会　二两面条

扬言可搞掂事情
吃得开的面子
原来是个小萝卜
倘若　正气小了
就有可能
模糊我们的视线
将社区　乡村　城市
蒙上垃圾　塑料袋　灰尘
却还得意地发表声明

第五章　国民文化

地缘文化

胡杨树千年不死
千年不倒　千年不腐
一种树　虽淡出人们视野
却创造了地缘或行业文化
333 个地市
地缘相通　文化有异
每个城市群　乃至村社
都可能　有自己的大小故事
儒道双人舞再加佛
三个人的故事　唱了几许高歌
梁山一百单八好汉
还走来东北二人转
作为一种文化存在
东北人　可能都会哼上几句
跳上几跳

北方人
爱小鸡炖蘑菇的东北菜
还有扣肉之类
号称官菜的鲁菜

成了北方菜的代表
北京菜　恰如潮州菜
升华了东北菜和鲁菜
还延展了河南　河北　山西菜
洛阳　安阳　南阳
也有自己几道好菜
真可谓　异曲同工
一树一木一乡村
都谱写着文化千秋神韵

国民文化
百家姓说道　三教九流
四川人幽默
半夜雄起　抓壮丁
走出个王麻子
还出了个傻儿师长
贵州夜郎小国
黔东西南节点城市
就有苗水十几个民族
书写了几千年文苑

文化是使者
也是一段情缘
居民生存生活形态
北方人南方客　也就有了
大地缘　小域情
乃至地理区域概念
或是　地方文化

特别能表达该区域的
一种情节
一份守候
一股热爱　还有
一方行为
与发展权的定位

高原的垅
雪山的白
还有草原的牧歌
黑龙江的大马哈鱼
淮河的木筏
长江的渔歌晚唱
淮扬菜　中国文人菜
长江　炎帝的故乡
一杯蒙顶山茶
一曲康定情歌
五明佛学院
也有春风杨柳
行业与企业
还有京剧　黄梅戏　杭州小曲
都在抒写地缘文化
大小故事　千年传奇
需要赋予其权益地位

再看重庆的热烈
让王老吉下了火
棒棒军却让人

熟悉了朝天门码头石阶
全兴队　让四川雄风再起
川菜作为一种文化
被称为兄弟菜
云贵川湘鄂等省区
三分之一国民
吃香　喝辣　讲味
川菜也没了省籍专利

喝着 100 元一碗
或 10 元一杯青茶
没有高低　都是兄弟
何况巴蜀文化与东巴文化
可能正在揭开
170 万年前的秘密
从而元谋猿人故事远去
三星堆正唱着更悠久传奇
西安兵马俑文化还在继续
函谷关生道德经古今地灵人杰
灵宝城沐黄河雨四季物华天宝

东西南北
已经是好大文化
三角洲的文化形态也不小
华山　黄山　横断山
周村　李村　吴村
万水千山总是情
一寨一岭

都有文化传承
坐标定位大小
可视发展空间
与文化传播而定
做生意　访友人
美领馆还去台山现场办公
与当地人喜笑颜开吃起广东菜

粤菜被称为商人菜
潮州菜是代表
它是否　流行海内外
广东人拣了个便宜
又沐改革开放之先风
珠三角　成了
改革开放代名词
今天粤人包含了港人　澳门人
以及千万海外华侨同胞
当你行走在欧美　东南亚
粤语粤菜成了媒介
四海涛声响起
汉语　英语　拉丁语和阿拉伯语
珠三角三足鼎立
这在全球
显然无二

如今　大包大揽时代
已经过去
每个人　每件事

都可能成为
政治经济文化符号
因为　小河弯弯
南北东西流
文化大小可封侯
说到底　地缘文化
大到一个流域
小到一个宗族
乃至植物品种
因地缘丰富　地域辽阔
而多姿多彩

一颗菩提树
吸引国家财政拨款
一株辣木树
搅起风云一片
人　自然与实物
都在忘情拓展空间
国民也才可能
把自己舒坦
民风　民俗　民餐
都是国民的文化存在
非此即彼　以大凌小
以己否他
可能都不太理性

音符

一些人可能戏说
西方的月亮好圆
其实　外国人
不一定都有好生活
发达国家的苦难史
两百年前风靡全球
德国有《少年维特之烦恼》
欧洲文化中心法国
《茶花女》的《悲惨世界》
一直延伸到英国的《虹》
俄国的《战争与和平》
美国的南北战争　出了个《乱世佳人》
南美的《百年孤独》
温热不了印度的吉普赛人
血染的风采
往往掩盖了
一个幽灵在欧美徘徊

有人说
卖花姑娘　谅山炮响
至于上甘岭的战斗
是否该打响
越南自卫反击值不值得
科威特的油田
着火的痛惜

顾城　舒婷的朦胧曲
汪国真的校园诗歌
羊脂球　哈利·波特
喜羊羊　灰太狼
孙正义　王老吉
还有永贵大叔　张朝阳
一个时代
有一个时代的音符
把上说下
或是指东说西
恐怕不是
人话人说

每一个国民
都有自己的心约
辉煌的过去　来不及参与
荒唐的历史　也不想
也没有必要去承担
只希望今天明天
与你同行
做一个　朴实的国民
邻里相笑　同事相帮
城乡共荣　朋友相携
在行为中
可能有许多偶然
却不是上辈子　钦定
相信　约好过足今天
每一个音符

节拍的起承转合
都有旋律的婉转

心约

在生活中　我们都知道
责人容易责己难
限己更得艰苦弹
别人的路好看清楚
自己的路不好评估
家里讲理不易
夫妻子女　讲得更多的
应是事实和解决方法
可能才会温馨
社会讲德也很吃力
以德服人　以法治理
混淆不得
其实　国民行走好坏
最好不找托词

如果世间
有一夜之间的完美
那就太好了
如果能有如果
一切就可心想事成
意大利堕胎合法化

还论证了三十二年
佛朗哥以现代民主名义
使西班牙倒栽葱几十载
法国大革命的
几番血腥
伦敦上下院的 PK
以世纪为单位
才走上正轨
事久见人心
做人凭坦诚
不像丹丹讲三国
谈笑间千年历史翻过

国民作为一种行走
似一日三餐
也如每段田埂迈步
或是寺庙进香
拾级上阶
我们脚下每一段路
都可能是设计师
策划家　歌唱家
乃至老板的行走
走得是否扎实　心安理得
或走得是否埋汰
让人不后悔
无论相聚多久　回首与否
每一个人
七情六欲随时铺张

可谓难以教化
却都是一个心约
在时光隧道中
一如既往地碾过

政治家　也是一份工作
政治不只是
中南海的灯火
于国　大政方针
于民　分权治理
于省于城于乡于村　发展权
都是真金白银
可能也是
寻常人的小菜
与充饥的白米饭
当然　我们的目标
小孩行走在欢乐里
学生行进在轻松中
就业在丰满里
老人有　无限夕阳
国民　就有了西红柿饭香

行为态度

态度　是一种文化基质
怦然心动　是诗情画意

却不是理性素描
在信息社会　传递弹指间
无论大人小孩
都会运用口手机械工具
传播美丑信息
邮件和微信的
快速传递
还有电话等交流工具
频频不得稍息
人人都是媒介者
全媒体时代　就这么
蔚然成行

国民都知道
三人行必有我师
每个时代
都有自己的文化表达形式
秦文　汉赋　唐诗　宋词
元曲　清小说　民杂文
六十五年的报告文学
也是一家
乖戾之气漫步
国民也就走了些弯路
读书人的志气　骨气　酸腐气
职业特色的标签
每个人都有
但不要把唱曲　哼歌　抱小三
红酥手　迷魂酒

当成时尚
垃圾一定宜用铁扫帚

强大的频率　是由痛苦程度铺设的
坚强的光环　显然由汗泪洗涤打磨
否定别人　通常怕自身模式被击毁
保护落后　是为了不让别人进步
人有天生贪腐与惰性
说自己不怕苦　其实已埋下怕输
将自己塑造成单纯与清高
可能这时已经开始了
无知与孤傲之旅
人生不输在起跑线上
却有可能输在转折点处
光努力与坚持没有智慧
给梦想奔跑装不上　飞翔的翅膀
时光的流逝　显然就这么悄然相伴

至于怀才不遇　遇机光辉
落魄失名　心生怨恨
古往今来的情节
从来都是故事绵长
从川人扬名要出川
陕人东征　晋人进京
六十五年的琴音
不能只弹
管他世间情为何物
上尉与富豪的女儿

也要忙着
嫁人　繁衍子孙

如果说
�株伐冷落与丑恶
人间自有真情真理在
黑的说不成白的
清的不会是浊的
好像有些消极
但 3D 打印
是否因与科技合成
可以矫正丑容
把一切虚伪看成正常
或者说
我们要调适心态
美容后就是真实的再版
难说修饰不敌原创
如果有权在手　身后有余不缩手
有钱胆大　眼前无路才回头
可能一切晚矣
只有认真拾柴垒灶
一切真诚的行为
便会走向美丽

第六章　国民诉求

宣言

无论共产党执政
仍有多少不是
由奴变主　已被公认
由鬼变人　亦无异议
治国理政　儒道二人转
至今成了儒道佛科政五人行
但也不能说
政体改革　公民已经遂意
国民的诉求
并非执政者几何
而是希望
建立一个廉洁　高效　法治
以及公平　透明　民主的政府
成为政民双方的
共同理想
无论代价多大
今天的成就　也不能说是
执政党与政府给予
但国民期盼好政府
显然是共产党的

顶层设计

回忆我们的苦难
国民的生活史
几乎从古至今
一波三折　或者说
没过几天好日子
每个朝代更替
国民生活周期率
展示的显然都是
日出日落的遭遇
贞观之治　康乾盛世
也没能维持多久
与少数民族的战争
几乎没赢过几次
胜了　还得把姑娘送去和亲
让如花的文成公主
嫁给 70 岁的老人
再歌颂下去
可能就是年轻大舅子
炫耀无能了
因此　我们很理解
毛泽东的骨气
与强权断往来
活也要活口气
虽然今天　不能忽略
东北匆忙划界　南海让岛
与日本过家家免去战争赔款

这不是指责　而是备忘

既然过去了
不是经验　可能也是教训
检讨过去
是为了让人清醒
建国初期
国民精神焕发
值得庆幸
第一个三十年
算是喜忧参半
真正走上小康之路
是第二个三十年的小饱

六十五年的建设过程
有必要对镜自照
1952 年　全国两亿劳动力
二三产从业人员　仅占七分之一
百分之七八十
都是手持镰刀锄头的农民
那时中国
只是一个落后破败的壳
日历翻到 1978 年
全国劳动力四亿
从事农业的比例
上升到百分之八十的绝对
体力劳动者国家
实在　没什么可夸耀的

第二个三十年
国民在改革开放的
进军号中
展开了新画卷
南来北往人流
萍聚珠江潮
千家上市公司到东莞
千万民工赴深圳
蛇皮袋　拉杆箱
青年男女讨生活
背井离乡
中年男女挣钱盖房
木讷望星星　月亮

乡音　乡愁　乡望
为了留守儿童
为了父母妻女牵挂
为了生理心理
春运坐不了车
北漂上海北京
10 万摩托圆春节梦
雨雪纷飞携妻带子冒险返乡
交警流泪护航
三亿农民工奔康
多少残病伤痛故事
将心房深度烫伤

翻开 2000 年画卷
尤其　到了 2014 年
城镇化率过了百分之五十
农业只占百分之九
二三产业成为主导
就业人口往城镇倾斜
国民的选择　创业
井喷时代　已经来临
发展　过程很长
积累　时间不短
改革　需要勇气
可持续　发展红利
六十五年坚守
终于走出了县　走出了省
走上了国际舞台
理直气壮地敢说负责任
以及承担的话语

今天　奔波在全国的
三亿农民工
大小城镇建设
机场　港口　高铁
还有彩虹般桥梁
你能说历史
不是人民创造的吗
不要让广州城郊的
农民工博物馆
再静静地孤寂

中国农村的国民
付出了　一代又一代的青春
他们的理想
却是最后实现的

建了桥住桥洞
修了房睡毛坯屋
装饰了亭台楼榭
看别人喝辣吃香
呆站一旁
被人扇眼光
满脸惆怅　呆滞绝望
看呼啸而过的奔驰车
还有 KTV 的歌声嘹亮
如粉尘般的共和国主人
如果不以国家名义
给农民工立个丰碑
给回乡青年留个影
显然对不起历史
对不起农村国民

尽管今天
旅游思维时代迎来了
国民幸福生活始发
第二三代农民工
正在城镇化建设中
撰写他们的发展史
新常态下的改革开放

正在展开
它不是办公室格子间产品
回想 1978 年
也只有 180 万人次国际游人
不及 2014 年澳门的 300 万
随后三十年变化如潮
2014 年　出入境游人以亿人次计
2014 年　农民工建的五星级饭店
已然超过 700 家

国人从坐守田埂　筒子屋
到游天游地
七亿多的航空客流
人均每年坐飞机 0.6 次
虽比不上发达国家
亦是十分有一
15 亿的火车游客
虽不及车轮上三亿美国人均
好歹已经很了不起
100 亿以上的汽车游人
绝大多数是乡民之旅
国人已经坐在
滚滚车轮里
上天下海履平地

医保与社保
正在惠及乡民
十年间　国民的安全延续着

生老病死的保障
已基本城乡全覆盖
城乡居民住房
已纳入国家计划
卫生与普九
也是一桌菜
码头货运集装箱
已然开进了农家
互联网　在九亿手机里
已经把世界缩小
把理想引至千万里

爱是担当

爱情要送玫瑰
守情要育鲜花
养家糊口　寻常百姓家
消费经济
正成为七年熊市之耙
经济发展的五驾马车
投资强度　不算太差
几个几万亿
城乡基础设施　村村通
已经起天翻地覆变化
外贸进出口　已居世界第一
唯有消费　这驾马车

尚需可人之处
生产　服务马车
推动车补　电补　房补与食补
如何拉动成经补
国民消费观改变
可能也要补一补

建设一个公民社会
没有消费主导的经济
显然难以建成
现实　是对的
不现实走不动
太现实走不远
当真实不存在的时候
虚伪可能是最好的真实
公民的责任　也就
需要无限地
把余热贡献出来
不为自己
也要为子孙

当然　不能因为
付出了代价
就如摆地摊
分分厘厘索回
认为或是撒手
天塌下来
还有高个子顶着

消极的公民　不是好公民
消极的生活　可能是自我折磨
历史只赞扬进取者
好年龄　好身体
只有不断运动　养脑
一生劳作　才会长寿
没有躺着与大吃大喝的寿星

面对社会现象
国民也要把心情放好
倘若把官场逆淘汰
当成正史
那么　清廉不如腐败
亲民不如霸道
实干不如作秀
能干不如会说
圈外不如圈内
为下不如捧上
当成座右铭
那不是正能量气场
以此教育孩子更是人祸
国民心态矫正
显然到了关键时刻

诚然　压缩了的发展
匆匆而来许多问题
国民的修养
尚有许多课要补

美学　经济学　哲学与科学
常识的普及
已到了　重要关头
识大体　重小利
人生　最大危机
动物之间尚有哀怨关爱
不要让传真机　电话　微信
以及国民常态的学习
束之高阁
而让麻将　个人游玩
取代常回家看看

我们可能记得
国民阅读　无法媲美欧美
为了形象与身体
从餐桌上抽点时间
每年读几本书
在麻将桌上挤点光阴
每天回家做做家务
既长了见识
又锻炼了身体
那是多好　即便
亡羊补牢　未为晚矣
完美的心固然好
破碎的也是心
水晶心　黄金心　小草心
人就怕没心
只要有心就好

一个诺奖获得者
向同行学者赞扬
儿子能开几十吨长车
比自己强
劳动光荣
资本主义社会的态度
好像只能从毛泽东时代回忆
时传祥掏大粪成了劳模
纺模吴桂贤当上副国级
我们有什么理由或能力
有放不下的面相

如果将人生成功
定位为好坏
两分法　国民可能少了柔情
成功　不在官职大小
以及钱财多少
写一部　有影响力的书
干一件　见义勇为的事
谱一曲　敬老助残的小曲
建一个　安稳和谐的家
都是成功的表征
看看历史
没记住谁有钱　谁体面
却记住了仗义　友谊　文贤

其实　路　难分对错

走好就行
人　难分好坏
行为　则有优劣之别
善缘善待必有善终
不把白天的事
留在梦里
恩怨的多少　都没有关系
走好了　大家精彩
悔之晚也的故事
最好与己无缘

养心

晨起　睁眼还活着
可能就应感谢上苍眷顾
哈哈　新的一天又开始了
回家有老婆孩子父母
在等着吃饭或做菜
就要叩首上帝
这么多人在等我
出境有人赞扬祖国
似乎也应得意
自己没有生在战乱里
如果　我们说如果
百姓　把官民社会划分
国民　好讲大话

群众　把责任推向执政者
这是否是
公民不养心的误区

较真　应是国民精神本质
企盼良好高质顶层设计
不如较真自己
秋收起义到二万五千里
陕甘宁边区小米加步枪
哪一样不是
自己较自己之真
世界任何民族
其兴也较真
其亡则可能也叫真
“二战”时　圣彼得堡国民
宁死不抢军粮
是什么
培育了俄人性格
六十五年曲折推进
改革总比不改要好
蜗牛虽慢　也在前进
龟兔赛跑　贵在恒巧

从发展讲
若说三十年一场梦
但也是一种精神
三十年一段情
表意的是经济版图

从没有选择
到国家量身定制
公民自主创业
不只是在田间
也在工厂和商店
以及互联网上
现场入职与虚拟就业
炒股理财　鼠标轻点
国民的努力
终见云开日出
国民的命运
每段传奇与后悔的行为
都由自己负责

今天　国民创业
又展开了负责任的长卷
还有创意与产业金融
从财保　车保　人保
再到一保二保再保
保险产业　开启了
国民创业与产业链新时代
虽然　中国人到 2014 年
人均　尚不足一份保单
同期发达经济体国民
可能有四至六份
但我们　毕竟迎来了
从被动到主动融入国际的
崭新生活

第七章　国民危机

差距

毋庸讳言　国民差距
有信仰　为人　做事方法
还有暴富　速成心理
地方发展权
与硬软巧实力
长影　上影　峨影
虽没能建成
好莱坞宝莱坞诺莱坞
万达　上影　金逸百座影城
不敌洛杉矶一座影城
3000 家电台电视台
不如老美　五大电视台收益
或是默多克的传媒帝国
那么多故事激荡人心

如果说　我们没发明青霉素
也没离开供给学派的
市场大门 Q 群
加入重农学者的谎言
参与罗马俱乐部的预测

却在瓶装水的绿色革命中
也能将芯片植入
每一个公民与股东心里
似乎也该
把差距贴上办公室墙体

现实　骨感得很
食品安全　水质空气
还有房屋二次文化改造
道路的保洁　方式
教育改革　国民素质提升
科普教育　家庭学校建设
职工修为
以及城乡环境　明天何行
就业　养老与养生
许多事　许多物
都需要　精致与精准
才能迈向　富裕　环保的
低碳时代

经改尚未结束
政改之剑　不得不出鞘
国民心态　行为
可能只处于中等
法制建设的公平
国民期望上升
面对现实
国民的理性

与合作态度提高
我们责无旁贷
急的　忙的与缠着的
必须解决
缓的　不生产负效应的
又要政府支付高成本
宜缓则缓
恐怕也是一个规律

机会

杜鹃开花　紫荆留本
牡丹虽贵胄
菊花也是大众情人
机会　在于审视
机遇　在于合作方式的顺应
020 与工业 4.0
存量 1 + 增量 N
都是一把剪刀的能力
如果把变革称为革命
进步就须持续地进行
企业与个人　都可能要展示
革命家的本质
才能团结众人
凝聚芳心

历史　若说是心史
政权建设
便成了朝代更替
企业发展　也需要
十八般武艺
实际上　简单
只是一种表达方式
并不代表内涵的精致
如说《西游记》讲的是
一个和尚和三个怪物的故事
那么《红楼梦》说的就是
一个男人和一群女人的故事
《水浒传》则谈了
一群男人和三个女人的事情
《三国演义》可能是
三个男人和战争的计谋
简单　是一种哲理　生活
但简单
却不是历史和改革机遇

如果把六十五年
归结为政党功绩
或是精英创造历史
亦或国进民退与民进国退
都是扬此抑彼的不成熟
倘若说好一起白头
你却偷偷去焗油
显然有人犯了规

若肯定了
可能英雄之下无兵功
就成了天经地义
一个国家或企业的发展
是天时　地利　人和
还有机会的把握
少了一样显然都不行
哪有只开花不长叶的树
可代表潮流

若说改革是为放权
或是西方流行的
无为而治
亦或是民主大门一开
国民好事自然来
企业发展　一包就灵
股权锁定　人心激活
治理贫困　脏乱
只要振臂一呼
都可以解决
那事情很简单
世界上十几亿贫困人口
发达国家输出几个模板
就可让他们脱贫
那该多好
可惜　地球人没碰到
一个民族或企业
若纠结在表功　自以为是

那是街痞　小农的自慰

当然　如果把问题复杂化
也是糊弄与搪塞
将鸡毛蒜皮小事
写十几页报告
汽车拐弯撞了
上升为政治
小题大做　可谓无知
如果国民认为
一党执政不好
多党轮流 OK
事情恐怕也要三思
互联网时代
有形无形媒介已经普及
两分法　可能会把人
当成傻子

峰值低碳

再高贵的人
每天吃喝拉撒
也是一个碳水化合物
仆人眼中无伟人
小人眼中无君子
矿物质　有形资源

支撑经济发展时代
已经一去不复返
人力资源时代
正在主导我们
一决时代高下
创新　创新
永恒的创新
未来话语权
释放国民生存危机
已经不是
有无饭吃　有无衣穿
亦或有无房住那么简单

我们不好意思说
人均资源　人均国土　人均 GDP
也不好讲污水横流
弄虚作假　妄自菲薄
但有一个事实
世界近五分之一人口
生存空间已经窄得
让人窒息
素质危机已经高悬
穿西装　着草鞋　戴名表
活生生有些像孔乙己
一掷千金　高声喧哗
随地吐痰
酗酒奸淫偷盗杀生
国民有几多戒律

显然都应恪守

技能　比知识重要
守纪危机也应常提
金融工程大一学生
似乎都明白这个道理
学业　专业与事业
统计　是门必修功课
不会做统计或不做统计
如何展开未来的生活
老农犁耙铲种为专业
工人一技之长秀生活
有艺不孤身　无艺难立稳

美国小学二三年级
开始研究型教育
技能成为一生功名
中国国民
有几多在做统计
一个人又有几多技能
高大上的北上广
阳春白雪虽好
下里巴人更暖心
追求从做加减乘除开始
通过统计　可能才知道
该如何守纪律
奔专业　奔创新　奔个好生活
而不是编段子　传谣言

把自己当成有知识
不然　国民可能
如股票市场买卖
赚赔都是后悔

八股文

互联网时代
国民的八股文
协商　守纪　尊重　善行
缺一项都可能灰色
协商　作为一种态度
是现代人的精气神
国有纪律
人人懂得道理
敬畏加善行
家和万事兴
守纪律　不是符号
而是国民必修课
家有纪律　成员相安
父母善待　兄弟和睦
夫妻相敬　邻里相帮
单位有纪律　职场有风气
村社守纪律　民风纯朴有土壤
企业有纪律　成长有规律
城镇有纪律

发展便是硬道理

让文化来得实在些
国民养身　养业
都是正神
养心更是恒定
若让时间　花在旧八股文中
或是数学符号的呻吟里
显然不是常态
不然　丑陋将可能伴随着
我们的生活　噩梦绵绵
恶语相向　恶风肆虐

让家史走进正史
村史写进国史
镇志放进国志
全覆盖地　把一切
放进轨道　笼子
和纪律里
而不是扬此抑彼
分工　无论干什么
出彩便是标准
倘若　理论家打铁遭嘲笑
说成是务虚的下场
那可能颠倒了黑白
国民危机的化解
只有每个人的成熟
民风才会春风万里

第二部

国　家

国是好大一个家！国民成熟度，执政党底线与顶层设计、经济社会基础与国际环境等，发展受诸多因数制约。

国为民之家，民是国之魂，社会是共同大家庭。

友善、谦让、奋发、合作、微笑、负责、协商、透明，传递正能量，国家形态矫健，如日东升，并以微笑的姿态书写笑靥。

一个国家的历史，虽不一定代表多个民族史，但国家与政府作为地区形象的代表和社会的组织管理者，荣辱耻誉的过程与之息息相关。

国民生存、国家发展、社会结构合理，可能是一个国家的基本安全常态。国家如何发展，那要看国民的造化、执政者能力、法律机制，以及文化的支撑力量。

国家发展不易，兄弟姐妹这么多，油盐柴米酱醋茶，样样都在别人家。理解，帮衬，国民责无旁贷。

当然，国家是国民家园，国民是财富主人，政府是财富监管者。如果据为己有，显然是监守自盗，为个人与机构作出负榜样。

第一章　国家信仰

理想

国民与国家发展史
昭示我们
国家可以没有思想
不可能没有理想
思想会打上
深深的个性烙印
理想显然是
国民精神的集成
与一个好国家的成长标杆
好国家的建设
需要有成熟法律　以及
社会生态氛围做基础
理想才有可能
一步步精进

也许　我们正在涅槃
虽然　我们的确面临

经体　政体及社会化的
体系建设与改革创新
社会治理也面临环境的
全覆盖
但我们正在
往好国家建设迈进
悲观论者　认为中国太烂了
“一党专政”　假货横行
万言书　千言信等等
民无信仰　国家不稳
乐观派相反
一切在变好　或者说
越来越好

其实　二八理论
告知我们
这两类认知只占百分之二十
尚有百分之八十相信
渐进式改革
最合民情　民意与民心
未来的好国家
不是一朝一夕
可能建设得好
改革　已经过了疾风骤雨
和拍脑袋的年轮
“大难临头”之说
大喜之乐天
显然都有些不太成熟

从凯恩斯财政刺激政策
到马歇尔推动内需的计划
每项政策实施
都可能有七分美食
国家发展决策
可能不应一夜之间
或靠某个政策就能解决
即便几十年前雅各布斯的
《美国大城市的生与死》
批判低密度规划学派
要把城市建成乡村
多被人指眼拙
认为　最美生活
不过一半城一半乡的潇洒

哪知　逃离大城市之人
十年后又开始回归
热闹的都市生活
人喜独处　宁静
但非边缘化生存
更多的人
还是喜欢群居　热闹
低碳生活　美丽环境
都是城市的己任
连陶渊明在唱
采菊东篱下　悠然见南山
不久又回到

结庐在人境　而无车马应
问君何人乐　心远地自偏

理性

国家心性
可以有梦　甚或大梦
但显然不可
游在梦中
如果理性占不了上风
政治家可能成了诗人
科学家成了学问注释者
企业家则扮演的是工人
老百姓自然成了耕田农民
国家有可能成为独资公司
城镇至多是个分支
家庭显然无梦随行
个人　也就附属在
政治怀抱之中了

检视近现代史
不靠谱的理性几如灾情
运动化的经济行政
弄虚作假的扮靓装嫩
实际上是一种
性幻想的无能

一如东方女性的缠足
西方女性内衣变化
贵族女人紧身400年
为男人满足性幻想
用20根鲸骨　140条脐带线
将纤腰　肥臂　丰乳塑造
从禁锢到解放
束缚到个性
控诉着男权的无耻
或不理性加不人性

信仰

信仰如歌
也如五线谱
吹拉弹唱　和瑟琴弦
一点迟疑不得
信仰也是一个实在
激情的革命主义
改良主张与行动
可称之为伟大信仰
如一个政党
未取得政权
信仰是第一政治　旗帜
倘若登上权力宝座
信仰　主要是一种顶层诉求

放大到国际
可能与世界秩序
达成一种愿景

显然　执政党的信仰
如果不以法律约束权力
也可能是罂粟花
政权作为
政党执政的工具
必须分门别类　用法律制约
因为　权力一旦固化
或获得执政许可
任何政党的愿景
将以利益集团形式出现
阶级层次　表现为
利益的表达　支配能力
此时的国家信仰
也就从单边政治体
演绎为与民分享的
民主发展诉求

其实　当信仰成为
驱动历史的原子核
可能惯性
与单边信仰力量
以意识形态
成为唯一选择
排他性的国内政治主义

把国际秩序
作为敌对信仰
从而 “二战”以来的国际秩序
被我们理解为两个阵营
以致一段时间
失去了百分之八十朋友
可能不以为 有什么惋惜

实在说 当政治信仰
成为五行草
政权便成为高悬的太阳
权力有可能 凌驾于
经济基础之上
国家 将有可能注定了
一定时间的摇晃
政治 往往被
放大到无以复加
人民 注定有一场劫难
历史 注定有一段不堪
社会 注定有一场混乱

《共产党宣言》或《圣经》
注定有一个悖论
主义或信仰
一切社会元素
都可能被视为垫脚石
所以 单边信仰
需要与时俱进

吸纳别的营养
方可像美丽姑娘
帅气的小伙子那样
让人们惊羡或爱慕

至于信仰何种政体
不是一厢情愿之事
历史文化与政党理想
各占一定比例
已被各国实践证明
有人崇尚高度的独裁
认为中国文化
曾有战国或五代时民主
国家却动荡不堪
民主不适合中国
被一些人认为　是个边界

还有　腐败的原动力
对经济发展是否有益
尚需论证
水至清不一定无鱼
也有人认为　立宪政体
可能较合中国实际
纠缠老黄历
显然没多大意思
时代的常态是
民主必行　反腐必施
国家安全要维护

国民自由要保证
无论付出何等代价
显然都没有借口
在实施中
如何构建好国家
设计低成本路径
却大有文章
不是非此即彼那么简单
算好发展成本账与安全账
显然最为紧迫

第二章　国家责任

定位

已经成为文物的
秦砖汉瓦绵延
将时尚的装饰材料
写到多媒体幕墙上
历史丛林褶皱故事
已不再是
唐突瞠目奇观
国家精神　浸润于
国民生活　国体形态
与国家行动
国家　是国和家的集合
国　是一个政治地理形态
家　是老幼尊长的黄金屋
一草一木
一石一砖一瓦
一人一事
都应是不可或缺的成员
每个角色
也就锁定了自身的担当

悠长纵横的历史
太多故事可讲
伟大所留下
闪烁星空的人物
成吉思汗　曾国藩　左宗棠
孙中山　蒋介石　毛润之
曹植　蔡文姬　孟姜女
李广百战不封侯
小将李蔡当丞相
戊戌六君子　辛亥打一枪
秋收斗篷漏　湘江几多伤
家族　城邦
微型体系国家建设
到世界经济体
英雄　草民气象
亦是国家命运

何况　梦里寻觅千百度
方知一切
可能却在灯火阑珊处
国运即人运
人运　看生活与生态
国运　看国民脸谱
国　是有边界的实体
家　是有内容的成员单位
如果按政经画线
历史上的国家
是皇家的国　少数人的家

六十五年的共和国
也是政治　经济体
但更是多民族家园
国家精神　其实是
一个生活　一个住所
和一张脸的风情

国运　归根结蒂
民生　国防　生态安全
国家　省市　城乡发展分权
政事　事企　社企政策制定
行法　行规　标准
都是天大的定位
前锋做得坚强
后卫也不能马虎
个人命运　由性格决定
社区命运　可能由文化担当
国家定位　更多的
由国家理想　文化
与常态趋势把握

态度

普世价值　已弥漫了多年
民主　法治　尊严　透明
都是现代国家

需要有的敬畏
在追求和平　自由的进程里
权力更迭的　刀光剑影远去
阶级斗争的弦
曾张了几十年
多年前意识形态纷争
一个不容忽略的节点
六十五年共和国历史
为改变皇家的天国
奋斗　流血　慷慨就义
后人显然　没权利与良心
指责牺牲与流汗
相信　每一个付出
不只是　一首小歌　一段小曲
亦是行走的必然
车到山前必有路
往前走才是出路

态度　是旗帜
也是动力
鲜花虽美　毕竟
不能当饭吃
顶层设计的态度
应由底线边界
决定高低
建设一个好的国家
可能需要“三化”
法制化　有法可依

制度化　管理标准化
秩序化　个人与单位遵纪守法
一如炒股者
若想给力熊牛市
统计得失　遵守纪律
将是产出的秋季

责任

共和国建立初始
最急迫的任务
当属动员国民
参与发展建设
在农村　分田分地
农民成为土地资源主人
共产党实现承诺
获得国民信任
脱贫　尊严与自立自强
成了基本愿景
可是　理想太美
尚在贫困中的国家
面对疾风骤雨的变革
自然兴奋　惊悸与迷情

遥想六十五年前
一觉醒来

世界显然已经东倾西振
改革开放之初
为解决温饱
建设现代工商业市场体系
几步合成一步
一步再分几步
脱贫　奔小康
就成了全国上下的精神
发展经济　政体改革
幸好三十年认真舞剑
没让国家陷入黄昏

今天的目标
社会一体化建设　成为
国家新常态
安全　信用监管
生态　组织　法治
全覆盖体系
几步需要并成一步
精准　精致推进
不然　有可能输掉机会
把自己陷入迟疑之阱
从而付出
高昂的成本　失去使命责任

责任　是国家兴衰
可期可预的天平
旷野孤独　尚可疗伤

城市热闹　情恨纷纭
学习　是国家成长的动力
日本英国等的发展经验亦证明
一条浊河
需要 18 年才能
恢复旧颜
理想与现实
不在梦里求真
却在我们手中显灵

家园

大事不去议了
比如说官做大了
先不说能力
棒棒的身体
将是一个不低的门槛
幼儿教育　青少年成长
工作就业　医保社保
针脚线头　床铺房间
吃喝住穿　生老病残
13 亿多张嘴　五亿多个窝
家庭成员的基需
乃至运行担当
假以时日　松懈不得
没有一样可落下

没有一件落得下
建设一个好国家
谈何容易

闻香识女人　观面明心境
看脸晓经历　谈话知行径
证伪方科学
穿透常识的蒙蔽
发展　不只是
伴着薰衣草的味道
幻想置身于普罗旺斯
空谈　大话　面子
六十五年的教训
有面子撑的
也有里子绣的
还有情绪弄的
显然太多太多

其实　国家　当面对着
它的国民大众
揭下轻飘的面具
变小了　如一个娇小爱人
放大了　如一座
不可逾越的大山
只能给予伏地一个长吻
显然
第一个三十年发展周期
雄心大于天

展开了　却发展得不够
面子有了　里子寒碜带血
改革开放的三十年
务实大于天
发展了　却有些该展开的项目
没有好好展开
面子多有闪烁
但里子暖了
今天我们已经明白
下一个三十年
该如何去抒情

第三章　国家语境

思维

思想　是一壶点了火的水
引导着　理想激情澎湃
六十五年国家治理实践
科教文卫经　都好复杂
国家雏形　无论何时
作为一个国家　都会把
自己的意念
意识和意志书写
可是　在某一时刻
我们往往固执地
以己为中心
理想主义地
解释着未来
可能也就酝酿了
众多的悲欢离合
少数人激荡
多数人彷徨着的故事

当渔翁钓起水中太阳
情侣倩影遮住月亮

自然与社会发展
都有些九曲回肠
治国　发展
或解释世界的语言
千人千面
数学家　把无关联事物
用符号连接
物理学家　用有形之物
解释关联
化学家　可以化零为整
也可能化整为零
哲学家的表达
可能更具高屋建瓴

宗教　显然在用因果教化人
生物学家　讲几何级数
与裂变语言
政治家　把小事上升为国事
又说　治国如烹小鲜
中国文化　是普世性的
传承与交流
美欧文化观
显然在传经布道
所以　中西思维
有些千山万水
但也是君住长江头
我住长江尾

当我们放飞思维
雨过天晴　彩虹画出的弧线
使我们看清
国家走过的路径
经历了三十年
权力型经济稀缺时代
国家　希冀把农业社会
推向工业国家
重化工业理所当然
承担起伟大使命
三十年改革开放　要素经济
把一切产品化　价格化
从而　中国迈向
工业城镇化时代
配置市场资源

今后的三十年
服务经济　创新驱动
成为香饽饽
协商经济标志着
我们不能只用
工业化思维治国
举国上下　重工业　大体育
举城之下　才有轻工业　服务业
至今仍需　确立五级城镇发展权
不然再释放千项负面清单
上热下冷　仍将持续
中国城镇化的四个阶段

从大城市的城镇化
工业化的城镇化
以及人与乡村的城镇化
都预示着
现实对无知的不屑
好在　前三十年
以一二回合争奇
下一个三十年
将以三四回合争艳

思维之舟
再上溯几百年
国际国内　行内行外
都注意到
思路决定出路
思维无伟大渺小之分
却有天壤之别
爱情圣地泰姬陵
沙迦罕王为了
实践对爱妻的承诺
毁了印度伊斯兰国
将其 600 年根基摧毁
沙迦罕王亦由人变鬼
还牺牲了
200 万精英的青春

显然　平民的爱情
是一段美好的生活

国家代表人物的
奢侈爱情
可能是一场灾难
国家思维
不以己喜　不以物悲
最好能在宽广的路上
坚如磐石地
稳步前行

心情

心在情　情附心
环境调适也制约着心情
倘若没有八头牛
拉不动的坚定
心情的摇曳
就有可能
使未来变得不确定　甚或奢靡
因为国家　毕竟是
少数精英　在执舵
执政者情感
上升为国家政治
倘若迷航行进
有可能演绎为
自以为是
宪法有可能束之高阁

甚或影响
执政者作出　违背常态的
过激决定
制衡　或稳定心情的力量
也就至关要紧

挽起大山　江河的我们
随时有可能
将脚踩在楼梯上
把手伸进故宫的藏宝阁
以人为中心的名义
干起阿里巴巴勾当
从而把权力
作为一种心态和能力
呼风唤雨　哪吒闹天
自以为最有气象

其实　国家是
百姓休养生息　安居乐业
和睦共处的家园
个人是小股东
单位机构是中股东
国家政权是大股东
也是管理处代表
而非　高高在上
可以傲视　藐视与俯视者
若是那样　可能孤立自己
与家园里的股东

磕磕碰碰
搞得自己“三不像”

超长待机　毕竟不是
常态气场
国家　不能没有好心情
显然也不能堂而皇之
以为自己
可以代表人民
它所做的一切
都是为民众服务的
或是把自己扮成
慈祥的母亲
视民众为孩子
溺爱　往往变成自以为是

治国　在民众心里
其实不在乎
谁　在执掌国家
谁　是管理者
他们期盼的
是谁　可以管好
是谁　可以让社会和谐
谁　可带来持续地
光明　环保　幸福
以及国泰民安

我们知晓

叫化子也有文化尊严
桥洞　破庙
都是丐帮敬畏的地方
倘若国家不能
给百姓自豪感
如果党性不高于人民性
民众会痛苦　纠结　愤怒
权力可能变成大棒
民众诅咒
乃至把执政者扬弃

国家代言人　不能回避
人民当家做主　表现为
公平选举与被选举
历史教训　太多太多
大炼钢铁　原始森林图壁
人　主宰愚公移山
自然生态被奴役
改革开放　一切向钱看
森林第二次大破坏
河流呻吟　土壤重金属超标
食品塑化剂　当年高科技
却被贴在尴尬的光阴柱上
所以　治国
一如清官难断家务事

现代国家　通常
党派向民众诉求

无论总统制
还是君主立宪
太上皇制早已过时
我们不怀疑
执政党的目标
也不怀疑
顶层设计的愿景
更赞叹
六十五年来国家巨变
人民挺起了腰板
国际上也有相应地位
沿海地区
已达中等收入
中国已成为
发展中国家样本
研究　学习和效仿
追兵已经很近
标兵离我们尚有距离

我们不知道未来
在前进路上
还有多少荆棘绊脚
让我们犯下不少错误
以致贻误时光
国家可以犯错误
历史也谅解所犯错误
但国民不理解犯错误
现实也不容许

忘情或犯自以为是的错误

因此　国家
必须有好心情
古代　因言获罪
坐牢　焚书　杀戮
往往把古代文明发展延误
近代　因言问罪
公审　杀戮
让时光倒流　科技发怵
现代　因言定罪
关押　审讯　杀戮
以致延误国民经济建设
当代　因言认罪　坐牢
我们也耽搁了
不少大好时光
明天　寄望灵与肉的洗礼
能雨过天青

话语权

语境　可谓
像雾像雨又像风
鲟鱼仔　松露与鹅肝酱
人间三大美食的话语权
也就半斤豆腐的营养

虽然它们
确实沿着　张扬的话语
走上虚荣消费殿堂
梅兰竹菊四名媛
也就书生的情殇

三十年政治语境
一言堂让我们交足学费
三十年经济语言引力
市场经济在成长
第三个三十年文化语境
未来的路得好好掂量
我们从政治　经济
致敬科技文化
社会进步
终于推进和谐为中心
从而渐渐扭转了
不以意识形态为坐标
国家语境
也从意识形态走向
法制化　规范化　人性化的
常态向往

话语权　不是一家之言
而是创新驱动的魔方
排斥　也是一种逆语境
拆自己台的力量
不妨包容讨论　形成风尚

如普世价值　国际语境
也是　国际价值认知标准
可是　在一些人看来
成了无患子木打鬼棒
难道抱街痞之识
山大王之志
才可能是最高准则吗

世界　已经不是
“二战”前的天空
全球互联互通
无论你是否喜欢
国际秩序
都在制约各国的行动
楚河汉界　不再是
又一个发展屏障
人类不解决
国家对人格丰碑的敬畏
时间之水　可能向西奔流

在人类语境中
因个体与泛理想因素
权柄与真理
和平与正义
友善与友谊
曾让历史胡乱涂鸦
15 世纪前　1500 年文明慢步
15 世纪后　哥白尼　牛顿　伽利略

加速现代文明进程
而其间
每一次捕杀精英
每一回强权鞑伐
每一轮拿破仑式革命
显然让历史和人民　蒙羞
多元社会的建立
更需要协商　检讨
与弼马温的做人

八部委 + 红头文件
说一件主题公园之事
显然一厢情愿
将市场经济戏说
每年的一号文件发了几十年
产生作用大小　人尽皆知
似乎应换换新招
才能扛起“三农”的常态
想想　非洲动物大迁徙
高寒地区候鸟南来北往
都有磁流引导
在自然语境下
上百万种
动物　植物　微生物
还有金属　非金属构筑的
物质世界
以及辽阔的宇宙
世界一丁点点

宇宙却浩淼无边

哪一个伟人扛得起
哪一个国家可自以为是
哪一项使命
可承载得了永远
倘若自认为的真理　顶层设计
可以旁若无人
便有可能极左极右
甚或极上极下
个人　单位　团体
以及民企的短命
国企的混沌
都可能导致
灾难降临自身

民族语境
在清代以来开始的全球化
国际操守与文化发展
便成了　理论家与政治家的话题
太平天国的民族主义旗帜
曾召唤被压迫者的
记忆与怨恨
但其原教旨主义　宗教治国行为
让文人士大夫感觉
这是一个连清政府也不如
且不靠谱的半拉子
静静顿河边的

普列汉诺夫　布哈林　考茨基
与列宁　斯大林之争
政治变成了历史的人质
现实灰色之树却长青

中国同样
遭遇榜样的门坎
一个想急着站起来
说话的民族
匆忙中　将民主革命升级
自以为　政治可以
超越经济基础
将超级的顶层设计
当成小城民夫
反而延误了发展的大局
近年的民族品牌命题
也有些许影子
显然　话语权打造
是否值得思考
谁在绑架历史
谁可能成为人质
不是一个简单的命题

全覆盖

政策如裹蒸粽叶

卷好了　全覆盖
卷不好　可能
蒸成一团
糍粑糯米饭
六十五年的共和国史
让我们明白
西方治国
以面到点纵横捭阖
东方文化
从点到面逐步推进
言西人方法唯一　可笑
说孔孟文化最好　可叹
文化在互为营养
排他就有些邪气了
打点滴救急
当然也是一种说法
但不一定是规律

规律这个语境
是个好刚性的砝码
需要我们
认真读　细思量
譬如　农业经济社会建立的
是权力型主导发展模式
从而处处充满领导关心
地方与国家的鼓励
在转折关头　困难时期
相当行之有效

工业时代　要素创新
驱动经济发展
资本　技术　人才　工厂　工具
都成了生产资料

国家发展的把握
是一项综合工程
决策的错误与实施
就一袋烟的工夫
国家作为
一个存在形态
既是一番生活
也是一种实体
多民族多文化多思想
也是一种存在
统帅不是凌驾　只是领跑
唯有全覆盖
尊重　全尊重　才可能
以史为鉴　以今为内涵
以西方为经　东方为纬
或互为经纬
人民性为杆
地方化加国际化的
普世价值
才不至于
再做出什么幺蛾子事来

第四章　国家使命

底线

清末以来　沧桑弥久
一代代国人心潮滚滚
鸦片战争祸起
八国联军进都城
甲午海战仇加深
军阀争雄　生灵涂炭
抗日狼烟　国人心碎
天灾人祸　民不聊生
山河大地　苍凉无语
大凡有一点正义
与良知之士
企求生存温饱
和百年雪耻
盼有　振臂举旗的领袖
和有　理想正义公平政党
也就水到渠成

国民世界观相信
国家独立自主　民主发展
人民耕者有其田

无论受多少罪　吃多少苦
付出多少代价　均无所谓
毛泽东与共产党诞生
似如上帝使者降临
虽然只有小米加步枪
和千万泥腿子列兵
就把三大战役拿下
显然民意与神助
天意不可违
一个有正能量　理想
伟大使命的
大众草根政府
便横空出世

国家周期率
敬告我们
当一个新生政权　诞生
使命　如美丽的鲜花
大雪也无法让其羞花　闭月
在眩目中
艳丽担当了
立志的使者
或冲锋的旗帜
一旦绽放
显然没了退货机会
也就　必须负责任到底
其实　使命一旦诞生
不只是光鲜　服从或气场

也非教化
更是一种
超级责任

现代科学实验证明
量子纠缠的事实
让科学界的物质研究
陷入进退两难
使命　又必须
让科学家奋力前行
有人欣断
科学与宗教边界模糊了
鲜花刺目的双重性格
宏图与幼稚的经验
磨砺了别人
也可能刺伤自己

当年　我们凭着热情
与如日中天的豪气
以无畏　蔑视的胸怀
横扫了一切污泥浊水
却对建立一个新秩序
所需要的条件　背景
十分地估计不足
才可能导致
幼稚病的蔓延
渐成燎原之势
使命　往往成了

梨花带雨

那时　大幕徐徐拉开
注定有一场大戏
上演得云海翻腾
六十五年经历也证明
开放区　开发区
实验区制造
权力的纯度
一旦离开人文关怀
政治的信仰
执政的理性
百姓的从属
经济的钱钞考量
便成了家常便饭
锈蚀的温床

成本

国家使命
论高点　繁荣昌盛
论准点　百姓自豪
论实点　普世价值
说难听点
国家不为公平担道义
支付的成本

有可能是执政党理想的
黯然神伤
亦或　国民的灾难
如列强的瓜分
纷争的内战

如果说　我们说如果
成本没人监管
精致不会有鲜艳相伴
自豪更没有
鲜花的供奉
便是　无知的开始
我们一直以为
自己有 7000 年文明史
创造过四大发明
可以抵御一切艰难
奉献出伟大
和民族的兴盛

其实　我们也明白
地大物博
只有一半国土适宜生存
倘若熟视无睹
960 万平方千米陆地
森林覆盖率
只有国土百分之十八
分摊到人均
生态成本

与大国相比
实在有些不好意思

治国成本
从时间　效率　质量评估
阶级斗争　戴上有色眼镜
现代文明体系的
建设迟缓
国家差点崩溃
幻化成“三反五反”和“文革”
一些地方　乃至一些人
至今仍在搞运动式经济
或独眼向上
以体制为界的思维
打造装太阳的工业区
或只管体制内之事
建设耗费
民脂民膏的“鬼城”
亦或只盯中央部委的口袋

六十五年了
倘若还没学会
在市场上找饭吃
偏要咬住母亲干瘪的奶
吮个不停
官本位　权本位
实则封建本位
时间浪费了　太浪费了

可能却毫不经意
甚或自以为得计
面对这种难堪
却没有追究的法律
亦或严厉的负面清单

倘若我们恪守
永远等待中央文件
亦或听信名人吉言
百姓胡诌　千古调侃
存在就是合理
那指的实在是过去
对一个精细时代
合理　合法　合成本
才可能活下去
倘若　大家都要活得舒坦
那就不容易了

好在　我们已经
达成共同使命
建设富强国家
法治　协商　公平　民主　全覆盖
上海精神　做负责任大国
励精图治
现代化全面推进
国家已经明明白白
以市场为中心配置资源
它是常态　也是负责任分水岭

执行力的试金石

近忧远虑

忧郁是一种美
忧思可为一种德
微笑就是太阳了
公正客观地讲
我们经历了
不少伤痛
好在无论有多少不是
都已经过去
六十五年成就
用可泣可歌
或是穷尽一切词汇
来检讨或颂扬
自己的情怀
一点也不为过
不说　则有人骂我们
有眼不识泰山

因为　有一种现象
赞同　被当成知音
欠揍　因为你不懂事
只要不伤具体人和物
说说也好　比如

有人说知识分子道德沦丧
大中小学烂了
教育　被指一塌糊涂
民国有大师　共和国只有大学
教育部搞得没文化似的
有口难辩　只好
以培养多少学生　几多教授
几多论文　几多几多
苍白辩解
民间法庭　不依不饶
唱着共产主义接班人之歌
喝路易十三美酒
你看人家国外　你看人家国家
烂了　烂了　中国教育烂了

当然　回忆
有兴奋　更多是反思
其实　我们可以
沉重或尴尬了话题
坐下来喝一杯水或奶
便如佛陀
恢复体力七日觉悟
我们的国家
虽有许多问题亟待解决
美英俄不也一样吗
一个家庭还充满变数
何况一个国家发展

显然　不宜以个人心态
简单评价好恶
我们积贫积弱底子薄
我们人太多
基础太差
一切的一切
在世界 200 个经济体中
国民收入
虽然已从末梢
挤进了百强榜
光环中第二大经济体
使尽了浑身解数
人均却只能含糊

商战可持　智慧久远
上古埃及　波斯工艺商业
不可谓不鼎盛
今天的人们
似乎只记得
穆罕默德　笛卡尔　卢梭
以及阿里巴巴四十大盗
所以我们还有时间
世间本无诸葛亮
显然造神容易
造原子弹　氢弹　洲际导弹
GDP　航母　无人机却难
好在基因组测序
我们弹出了五线谱

虽然在同比记忆中
我们　实在是
没有什么好夸耀的

六十五年的追赶
一亿贫困家庭
同贫穷告别
解决这么多人温饱
我们只用了二十余年
世界也惊叹
我们的伟大奇迹
这么一个大家庭
兄弟姐妹很多
今后很长一段时期
到处也需要装修
不容易得很
珍惜　就显得尤为重要

国家的不易
还要体会到国民
饱暖思体面
心高盼平等
不可否认
我们正在
往一个好国家建设
然而　一个好国家
确实是一个伟大的
使命过程

但建成一个好国家
要花许多年
还要受许多
环境的制约
一个伟大的使命
需要多少代人完成
即便用银河计算机
也难算出时间几许
一个拉兰达大学
从 5 世纪建到 9 世纪
何况一个国家
乃至城乡建设
诸事多多

第五章　发展常态

天平

身高不是距离
山大不一定有柴薪
精致　效率
才是最好的度量衡
看看 1999 年回归的澳门
政府储备 130 亿澳门元
已令内地人羡慕
城市建设几百年
只有 40 多万人口
澳门牛不起
时间流至 2014 年
年 3000 万游客
1000 场国际会议
政府储备 5000 亿澳元
培养了 70 个作家
有了 70 万人口
城小　却国际知名
澳门人努力　澳门人心态
一直派糖就好

再观科技体系
在近当代
西方人为主书写
我们　也还是在努力
把自己搞成了
第一专利大国
文化产业
也才开始登极
积木虽撑不起高楼大厦
但总在进步
我们养活了 13 亿多人口
只用了全球
不到百分之十耕地
经济总量
虽微超过日德
人家供养的
却不及我们十分之一

望师傅美国
虽令人称羡的东西不少
却也有许多不靠谱东西
富人高调
穷人移动社区上万
察中国后生
学得变样东西　实在得很
民主想搞
在家尚还霸道

随地吐痰丢垃圾
高声喧哗搞形式
却骂中国不好

再讨论
中西经济差距
我们与西方的分野
可能是高端服务业
试看全球近三万个区域与国际组织
有几个总部设在中国
话语权　自然是我们
希冀打造的专利
几万种金融产品
中国　有价值的品种能占多少
深层次的　差距
正在酝酿　新一轮危机
两次金融地震
我们虽说
自己没受多少损失
却也心知肚明
远未动摇
西方游戏规则

睁大左眼
无疑　中国正在凤凰涅槃
反腐　三大重拳
治政　法治加负面清单
乡村　全覆盖建设正酣

国家民主法制体系建设
产业转型升级
企业家素质
与价值观提升
国民心理成熟修为
都耽误不得
至于城镇发展
社会的包容
组织　机构　个人的成长
虽然未尽人意
却也在如火如荼

再睁右眼
辽阔蔚蓝的海水
32000 千米海岸线
自称海洋大国
我们确实从无到有
把海洋产业推进
渔业捕捞世界第一
近海养殖
全球百分之七十
海洋工业冉冉升起
生物海洋正在裂变
但一说到人均
我们却不能沾沾自喜
许多方面
我们仍为
许多中型国家垫后

无知晒萌
可能会　让人笑掉的
不只是姜大牙

在一个　表扬与自我表扬
且以自我表扬
为主的时期
检讨可能也是必需的
盘点六十五年科技
虽有专利大国形态
却欠高技术大国之位
一年以内
创新技术唱主角
十年以上中等技术
也没写多少奇迹
五十与百年高技术
可留给后人记忆　又有几许

几十年前
苏联发射了空间站始
1977 年美国
又升空旅行者
说能飞行五十年
播放包括四川话　粤语在内 50 种语言
连续歌唱百年的唱片
人家站在制高点上
我们仍然在仰望
近现代　以西人为师

不是悲观
是对六十五年的盘点

治政

雨雾滋润万物
阳光明媚迎春
既然　绕不开的话与事
回避　机会成本太高
主动面对　可能会达到
事半功倍
但是　治国是大智慧
一代解决不了的事
下一代接着实现
道理　总有讲清一天

毋庸讳言　一党执政
不能以好坏言之
多党派参与的政体
如何改进
西方一直诟病
其实　国家治理周期
三十年一个节点
随口放言　可能被认为
不仅无知
更是对自己的不负责任

但是　今天仍需厘清
中国政体　究竟是
一党或多党派执政
或将现行体制　进行到底
或是实施 1 + N 的战略
这不只是时间选择
还有技巧　态度
智慧与责任

其实　一国的政体
看发展　看民心　看可持续
在真理　发展　民心面前
不一定都要实践验证
事实　当然胜于雄辩
但有一点可以肯定
一个墨守成规
一个缺乏创新
或不能与时俱进的组织
可能会自寻烦恼
亦可能没有
自己的未来
更遑论　丰功伟绩
千古流芳

文化

文化是生活
文明则是一个符号
汉语　英语　阿拉伯语　拉丁语
被称为四大文化语言
其实　也是你中有我
我中也少不了你
东西冲突与融合
大惊小怪不少
西人咒骂共产主义
是法西斯或乌托邦
东方人不接受资本主义
称之为腐朽的　寄生
可是今天
乌托邦仍在灿烂
腐朽的资本主义
仍在茁壮
东西两大文化现象
看来　还真是个东西
法国说它是温和社会主义
美国也说自己是民主资本家园
就好像春节
在西方开始流行
圣诞节　在东方已经普及

全球化　虽不能说好坏

但却　是个文化东西
今天的印度　尼泊尔
以及罗马宗教中心
也弥漫着
东西南北人的气息
各国年轻人　已把
南来北往节庆
变成了一个个激情之夜
浙江一教育局
发文不准学生过圣诞
有的明文规定
某种文化不许流行
或是以某一文化形态为主
显然都有些缺乏
互联网思维
孔孟列国游学
马可·波罗探秘世界
是否可以拷问
文化妨碍谁了

有人说　莫言是踩着
计划生育蛙步
走上的诺贝尔奖台
还有人说　诺贝尔文学奖
嘲讽了时政
其实　傲视就小气了
作家知道
中国犯了人口错误

并非真讽中国　也讥西方
毕竟　计划生育
让国人喘了口气
世间许多事
搞两分法可能活不了

篱笆墙的影子
放大了　就是
黄土高坡的映象
六十五年历史　证明了
中国有了尊严
国家有了形态
国体受到注目
但学术进步　没那么容易
需要数十年　乃至上百年
刮骨疗伤打造
想想全球社科中心
转移到美国五十年
法国仍有一定话语权
其实　国家气象
主宰文化进程
虽然我们　还有许多　许多
需要改进　创新的东西

契机

滴水之恩　珍重的动力
涌泉相报　才可能读懂
六十五年的成就
如果只顾骂街
就没有风度了
先说国家　身份地位
从初期的无足轻重
到 2010 年的
世界第二经济体
这是一个奇迹　一个奇闻
让世界检讨　揣摩
又使不感冒者
不知愤青谁
小岗村民冒死签名
分田分地分责任
把阶级铁幕砸开
从此，国家开始
第二个三十年征程

曾经被人嘲笑的
中国佬
对当年美国生活的想象
可谓遥不可及
2013 年工业超过了美国
只用了三十余年的不经意

如今　县以上工业园区几达万个
国家下文建设的
各类园区数百上千
商务部、科技部、农业部
搞专业与综合试验区
还有发改委后来跑步

权力　有的成项目批发
品牌也随机贴上层级档次
不能不说，中国经济
国家批发政策
地方批发土地
行业批发渠道
企业批发产品
百姓批发劳动力
从未有过如此默契
动力在这里
危机契机也在这里

经改三十年风雨
政体文化行进到了今天
改革创新方能继续前行
肯定六十五年成就
似乎得肯定六十五年政体
检讨六十五年历程
万不可事后诸葛
虽有“三农”问题存在
以及8000万失地农民

2000 万留守儿童的
忧郁期盼
还有独生子女的性格缺陷
如今并未渐行渐远

好在今天
暂住证的寿终正寝
遣送制度以孙志刚之死
画上了休止符
诡异的农村社保奇事
可能也尘埃落定
不平等或不合理
是否一定要交历史学费
仍值得商榷
甚或思维检讨的长期

有一点可以肯定
历史发展过程
必须全覆盖才会公平
特殊　便会有人特别
特别　公平束之高阁
虽然初始
谁都可能估计不足
西方　羊吃人圈地运动
也不是　国家希望看到的
发展　虽有许多难言之隐
不能如愿地像
洁尔阴那样　一洗了之

明智的办法
有了问题　不要紧
全覆盖　公平地渐进式改革
将是国家之幸

第六章　经济版图

晴雨表

“二战”以来　美国大佬
将 WTO　“世行”与国际货币基金组织
发展成国际领导工具
推动了上千个地区行业组织
也做起了领袖　紧随而至
一批兄弟朋友　仿而效之
一批行业与地区平台
成了根据地
世界经济版图
不只是国土调整
更有知识　技能　符号的
重新配置　搭建平台领地

幸而　三十多年来
中国终于
赶上了末班车
融入国际经济循环
外贸　作为一个国家
实力成长标杆
也是　经济发展的

阶段晴雨表
或是一个经济大国的
国际交流版图
我们不能忘记
从 1952 年
41 亿美元贸易
1978 年 350 亿
惊奇未过
2013 年惊闻
四万亿美元
中国的外贸列车
终于能　驶向新的目的地

那么　国家是否
已经很了不起
有了或能够有能力
大亮国家形体
以美元汇率
为口径的 GDP 评价法
和以购买力为标准的 PPP
2014 年中美
仍为 10：17
人均则可能是 1：10
与西方发达国家相比
可能也有相同结局
切勿夜郎人喝酒
明天起来　只知天有一个碗大

还有大专院校学习西方
开设了洋人理论
一些经济学教授叹息
给博士生上课
总在做剩饭炒蛋
连自己都有些不好意思
今天世界担心
中国崛起
虽然　章家敦的崩溃论
成为笑柄
但　美国经济
仍占世界四分之一
才有 6000 亿美元
潇洒军备竞赛
中国实际上晚熟得很

当然　晒一晒成绩
方知国家发展的不易
国内生产总值
是一国的脸和声音
1952 年 GDP
700 亿人民币
1978 年也只有 3600 亿
2001 年迈向 10 万亿
2014 年达 10 万亿美元
这是一个历史性时刻
产品产量也有故事
东莞堵车　世界电子工厂停产

上海　苏州　深圳　天津　广州　佛山
工业产值均过两万亿元大关

台阶

显然　国家已注意到
科学的终结
让世界经济迈入不确定
正如青年男女同居
不一定进入得了婚姻
引进　吸收　消化　创新
跑步前进
我们还是失去了
航母飞机时代
好在　全球 10 万架战斗机
与数千亿美元的战舰
时间将让它化作废铁

今天　国家可能会创造
高铁经济时代
轨道交通像互联网一样
把全球陆上海洋变成热地
工业从 OEM 到 ODM
沪深交所刚性股票
到期权与 QE
我们终于

打造了一定话语权
从最初的
铁钉都生产不好
到卫星上天　潜艇入海
300 万种产品
有百分之六十
可贴“中国制造”
上百类产品　如汽车　家电
已成全球状元

吃饭是件天大的事
赚钱也属重量级
商战表明
不实在　可能走不动
太实在　肯定走不远
虚实结合　发展可持
二三产业三十年发展
可谓一个注释
1952 年二产不足 200 亿
1978 年四万亿
三产也追过三万亿
2013 年
历史性台账
三产超越二产
进入服务业高速时代
M_0 6 万亿　M_1 30 万亿　M_2 120 万亿
2014 年又稍有惊喜

点数看标版
税收是一个杠杆
1952 年税收 50 亿
1978 年 500 亿
1999 年过 3 万亿
2014 年过了 10 万亿
这种速度
无论评价水分多少
干货摆着
即便给自己壮胆
也可称得上了不起
很是了不起
我们不能要求
一切按照
高大上才挂锦旗

环球自驾　汽车给力
也是消费驱力的展示
1952 年民用汽车 6 万辆
不如今天一个地级市
1978 年 100 万辆
不及当下成都能耐
2014 年可能超过了
1.6 亿辆
这种速度
估计不会减缓
到 2020 年
中国汽车保有量

将过 2.5 亿辆
从而与美国同台演出

商业不言商　诚信
文星不文诌　上品
这就可以解释
诸葛武侯祠供刘备
工夫在诗外
六十五年治国理政
两千多年孔孟道经
三千年文化盛宴
五千年文明写真
七千年历史记忆
故事荟萃　永不过期
能攻心　反侧自消
从古知兵非好战
不审时　宽严皆误
后来治蜀要深思
难道　项庄舞剑
还将再成千古真理
显然成绩　讲清楚
国家成长动力
百姓手里　也就有了《三字经》
不然项羽听了楚歌
会误了乌江渡军旅

至于曾被认为
一塌糊涂的国家金融

几多国民议论　几多国际围剿
终于迈过了许多大坎
走向市场化　证券化时代
十几年弹指一瞬
3600 多家上市企业
搅起一潭春水
金融玩具　让国人又有了童真
上万家准字号
筑起新经济长城
千万股民　虚拟就业
电子银屏　几多欢喜　几多叹息
股市　给了许多企业机会
也给了股民期盼
还有解决了
许多人的做事
诚信企业
可能因之引来
千帆竞发的壮景

诚然　国家体制
也还要全面改革
大到政体与经改
中到地方发展权
小到城镇　社区发展机会
但是　人均收入
总算从 1952 年的 10 美元计
到 1978 年的 100 美元
让贫穷渐行渐远

泱泱大国
弟兄姐妹这么多
苦难了多少次
苦熬了多少年
终于用三十余年时间
达到了 6000 美元人均收入
2014 年仍能保持
全球百强
从而占有一席之地
实在太不容易
得了便宜还卖乖
不是国人性格

旁观者

有人说　今天中国经济很糟
还有人担心
国民经济停滞不前
乃至走向崩溃
尤其房地产随性
不知是高人还是政府
绑架了国民与国家
显然　这是国民忧思
不是规划
发展不能没有规划
规划前提是预测

至今　预测作为一门学问
不能不预测　但又测不准
一如婚姻　几多保鲜
都靠当事人

随性随机把握
国家发展如婚姻
我们走过弯路　歧路
终于走上了
工业　农业　商业
服务业自成体系
从被动融入世界经济体
到主动布局
参与国际大循环
2014 年　成为净资本输出国
这是巅峰一刻
我们不能因为
经济瑕疵
就一票否决

第七章　国家危机

经济

城市同调　同质竞争
不只是产品　产业　产能过剩
我们输出的是产品　劳动力
输入的是技术　人才
10 万亿美元 GDP
实现不了小康
20 万吨巴拿马船型
尼加拉瓜 40 万吨
运河开挖
已与国家发展相关
低碳与《京都议定书》
更告诫我们
再生产污染
或治理不力
连挤公交　开摩托
行人闹市乱穿的历史
都可能再续前缘
从而把自己洗白

历史　不指责胜利者

也不责难　发展者
但时间会计算成本
因而对明天的向往
比任何时候
显然都要打起
十二分精神
解决“三农”问题
推动工业升级
服务业发展　规范多多
金融改革　任重道远
国民素质　有待提高
政体改革　艰难前行

问责

治国成本　居高不下
环境污染　掷地有声
生产能耗
可能是日本的近 10 倍
美国的六七倍
巴厘岛路线图
众多的公约　协定
我们的发展方式
资源利用
已持续敲响咚咚钟声

百姓　不让我们犯错误
恐怕我们也犯不起错误
看看周边
护城河沟里的污黑
已经心痛得让人汗颜
城市上空的雾霾
让人心里蒙上一层阴影
还有大车小车的
肆虐尾气
先污染　后治理
发达国家的教训
我们怎去铭记
金融过程的监管
最让人放心不下
事前警示　事中监控
以及事后问责
一点也轻松不得
不然　有可能
经济大厦毁于蚁穴

治国可能是一种激情
但也是一个老话题
诚如花农育花　老农耕地
工作不复杂
时令节气变化
让人不敢掉以轻心
亦如治理结构或模式
顶层设计可大笔一挥

底线体系构筑
边界规勘多不容易
公司法升华
典范　也要与国际对接
永恒创新的机制
是一个不间断的过程

发展拐点

自然之美　在拐弯
实物之美　在时间
人性之美　在坦诚
城镇化是伟业
国家与人民
都会经历
城镇化四步曲
任何人都希望
多拿点红利
参与赶集

拐点也提示我们
尊重是一个永恒
尊严是一个瞬间
尊敬是一个态度
遵循则是一门科学
尊重地缘政治

让城市群
成为区域政治体
尊重地理经济
每一个乡村　每一寸国土
在城镇化进程中
都要考虑
一切资源资本化
以及国土园区化
如此发展　大中小城镇
可能不至于产业空心化
城乡可能不至于“两张皮”
二元经济
才可能一元推进

对镜自照

一个高调的民族
可能怀揣的
是一个无知的灵魂
一个有危机感的国家
肯定差不到哪里
更深一层说
国家也是镜中画
缺乏诚信　民主　法治
国家不是好国家
我们的危机

可能只会加剧

第一个三十年
人倒是站了起来
但元气未恢复
好在第二个三十年
终于赶上了 20 世纪 90 年代
世界产业大转移
四个特区　经济为先
蛇口开闸　白天鹅起步
深圳　珠海　厦门　汕头
国门洞开　琴瑟声韵
1984 年宣布
农村改革基本完成
重庆　成为城改的转型
大连　营口　青岛　烟台
14 个开放城市
以及　稍后的自贡　扬州
16 个中等城市试点
悄然拉开了东西南北地方
全面改革开放的帷幕

贫穷不是社会主义
贫穷肯定愚昧
让一部人先富起来
农村大包干　城市税利试点
金县财政改革
肯定小岗村实践

推动重庆国企试点
16 个中等城市
展开全方位实践
重提四个现代化
国家高新区　工业区
建设全面铺开
近年展开单边自贸区
与多边多级对接
均已尘埃落定

三十年来
上层建筑改革　仍会推进
国地分税　财政包干
以建代征　以罚代责
立法千部　立言民权
社区建设　社会改造
民企写进宪法
物权法　改写了历史上
只有孔子和张三丰
有财产传承的记录
第一次肯定国民财产的
永久继承权

公民言论与出版自由
国家走上了
公开　公平　民主轨道
发展自立
民企提供就业近百分之九十

出版自主
人人可著书立说
言论自由　每一个人
都可能是一个新闻工作者
互联网时代
中国终于能与世界同步行走

遥想当年
有人在深圳大哭
说干革命
就是这个结果吗
今天也有人认为
蒋公在大陆
也不一定比现在差
其实　抗战
是一种正确
六十五年选择共产党
不以人的意志为转移
无论谁执政
关键是能否为人民

权责清单

过去习惯说法
大河有水小河满
这是一个颠倒了的

常识悖论
应该是
小河有水大河满
小河无水大河干
国家作为一个实体
如国民之奶妈
作为一个符号
系国民之精神
作为管理者
建立不分体制上下的
国家信用管理建设体系
以及社会一体化机制
还有太多事情要做

譬如公民统一的
身份证　驾照　社保
社会信用代码
公检法受案立案分离制度
国企与民企生态机制
开发区　开放区　自贸区
区域链开发对接
地方发展权标准化　制度化
公民个税与税源区培育
城市群文化形态建设
与地方发展分权
县域与中型企业主导规划
强化地方开发权制度
“三农”问题与新型城镇化

如何改变中西部地区
财政与资源养不活乡民
显然　都需要智慧设计
以及　规范化和标准化实施

至于权责清单
温馨提示官员公布财产
国企不宜把自己当人上人
正负面清单还需理论导引
即使一个小企业
1+N 的发展模式
都有太多事情要做
这就让我们没有时间
可以再去纠缠
历史不支持
也不欣赏小气
国家　永远赞扬
正能量传递
以及让权利清单的
行政审批　处罚　强制
和检查　确认　征收
给付　指导　过程监管
或是其他职权
一项项落实
任何一款
都延误不得

国家危机

刘青山　张子善受审
意味着反腐
升华为人亡政息
国家危机的解
是否也就可以
从三个方面答疑
利益集团　精英者的黄金屋
黑金帝国　市井之徒的荣耀
钱权政治　挡不住北风呼啸
国家危机　往往掩藏在
“三驾马车”之中

倘若一个国家的文化
不把国民生活安定
以及国家安全
当作基本目标
却将圣人训导　皇帝教化
作为金玉良言
可能会有层出不穷的后生
把超人当成偶像
半人半仙　半神半道
便成了一种文化符号
全国上下　关系为车
把个七姑八嫂
八竿子打不着的亲戚

与皇城根牵上了红丝线
以至超人不死　大盗不止

当一个政权　有了绝对权柄
分封的精英
也就成了
控制资源的代理人
一个个钻营者
有可能把属权领地
打造成五光十色的
利益集团
膨胀的欲望
催生动物的本能
借房子躲雨的危情
促使四处找靠山
把个集团财富　变成自家金银
清代 12 位铁帽子王
成为皇朝坠落的催化剂
发人深省
今天国民对腐败的痛恨
同样让人看到警灯
防止国家危机
显然没有捷径

第三部

国　际

全球化是场音乐会。

国家有界，国际无界，教育、科技、文明成果互为渗透；正义为天，道义无敌；意识形态多样化，普世价值永恒。

地球自转一天，公转一年。在生存行为里，经济贸易全球化，秩序国际化，地球是我们保护的家园。民族意识、国家主义、国际行动都是一台戏的一幕又一幕，显然都必须遵循舞台与演出游戏规则。

国际关系从单边到多边，地缘政治到政经合作，互联网时代的网络化，使国际间的纵横价值取向，一刻也停留不得。

“二战”以来，美国通过 WTO、世界银行、国际货币基金组织、北约与反恐，成为世界领袖；一帮兄弟也跟着学习、创新了 TTP、代码共享、工业 4.0 等，成为业界或国际副领袖。

国际舞台，正在上演新一出互联网话语权大戏，每个元素、指标，都有可能创造出行业或项目领导人。

第一章　共识者流

音乐会

全球化的音乐会
唱兴唱衰
都可能是一朵花的故事
国际有界又无界
邻里　行内行外
发达与欠发达
可能都由
行为模式与机会决定
也就一袋烟的工夫
国际化　是在
共同天空气流中进行的
与每个国家
息息相关

温家宝总理
曾在哥本哈根气候大会上
承诺 2025 年减排
也就是二氧化碳
比 2005 年降约一半
当时国家现状是

工业排放百分之五十一
民生占了四十九
厨房油烟又占其中三分之二
污染　人人有份
音乐会的门票
每个国民就有掏钱的义务
没有与己无关的传说

全球化　不仅与发展中国家密切
发达国家　也在小心伺候
APEC 会上　奥巴马宣布
中国人赴美
F－1　B－1/B－2 签证延长
认为　2013 年 180 万中国人
赴美国旅游
创造了十多万个就业机会
还有 210 亿美元消费
这点小费　高大上的美国总统
也不敢小觑
其实国人出国　华夏根深
出了国　关起门来唱 K
看了美国的蓝天白云
照照白宫　纽约第五大街
拿个绿卡　生个孩子
照样回家做酸菜鱼
你看人家邓文迪
单打独斗旅游　书写传奇
一次飞机　把默多克俘虏

二次交流　把英国首相摆平
在国人看来　美女之计
不过告知对方是卖麻辣烫的
几句真话　几个秋波
精英便招架不住
旅游　真的快乐无穷

全球化的音乐会
是个好东西
把地球国民
变成了地球村民
无论坐在哪个角落
怎么看　作何想
不因国体自尊
关起门来独唱
没有听众的音乐会
可能如歌唱家
在台上演唱是大腕
走在路边高歌
别人会以为是发疯了

国家有大有小
有特色话语权最好
人口有多有少
出彩便好
领土大小有别
影响力却是人为
心中有多阔

天涯或比邻
无论哪一天
你都得打起精神

国际化

当然　国际
不是单方面的礼聘
显然合作经营为要
巴尔干半岛出橡树
促成塞尔维亚人养猪
奥匈猛提关税
气炸塞人闹了萨拉热窝
猪要是知道　可能会笑
这些愚蠢的人类啊
普天之下　莫不球土
独善其身　只好走
伯夷　叔齐之路
饿死了也不知何故

法人曾笑英人餐桌
说他们一无所有
可今天许多国际标准
如低碳　医卫之类
通常都是英人指路
我们穿衬衣　打领带

牛仔　刷牙　戴博士帽
衣食住行　多少已经
国际化了
东家念书　西家私塾
历史就这么公平点缀
不可能一切好事
万千宠爱　只集贵妃万岁

国际化　更讲与时俱进
正如“二战”后一代德国人
精神之死　缺乏普世价值的
建立基础
大事马虎　小事精细
差一点遗误了发展
幸好实在　成就了德国人的精致
国际化　也有负面之混
有欧人相信　犹太人
杀害了耶稣
还企图消灭基督
所以犹太人该杀
一个传说的欲加之罪
让西方许多人相信
英明领袖希特勒　墨索里尼
混蛋的是戈培尔之流

以至“二战”后
这些国家民众
选择性失明与失忆

麻木地相信
希特勒对犹太人的大屠杀
绝对不会发生
民族性格的两极
我们似乎也有
狂妄自大　肖小猥琐
不承担个体责任
大话一箩一箩
甚或把精神交给小人物
无论发生什么事
都那么淡定　坦然

观念

政体的国际视野
不只是正义与良知书写
经济的国际意识
也非只是
全球贸易与服务
以及地理、地域、地区合作
睦邻与国际责任
还有道义　友谊要尽
国民的国际观念
是否要考虑
学习语言　文化
与吸纳别人智慧

以及良好习惯

如果　只把自己
当成正义化身
那么美利坚
打“冷战”后四场战争
以及之后的
大英帝国
又搞个马岛之役
恐怖分子再来个
“911”事件
有阿拉伯人弄人肉炸弹
认为自己是极世的主人
或是自诩正义　民主使者
显然不是国际观念

国别　地区之间
更有民族　宗教事务
错综复杂交织
让我们大意不得
仅以航道为例
多佛尔　马六甲　苏伊士
好望角与直布罗陀
镇锁四洋的五把钥匙
中国全球贸易交流
三把锁在印度洋的波涛之中

国土　地球村环境狭小

国际　空间辽阔无边
小小梵蒂冈几亿信众
分布全球 200 个国家地区
阿拉伯世界教民
亦在各国讨生活
新疆多次暴力事件
不只是　昨天或今天
政策的靶子
自以为是　排他便成了
家常便饭
大国沙文主义的产生
其实就是
国际观念的下沉

想想国际风云
凯恩斯在布雷顿森林叼着烟斗
得意颂扬英镑
怀特以美元为枪
守株待兔
还有历次战争
可能是两败俱伤
历次冲突
还得回到谈判桌上
把事情搞掂
任性而为
往往付出金钱　乃至生命代价

国家利益　国际生存

民族斗争的眼界
多么地云海翻腾
普世价值
又多么地难以普世
虽然为了国际和平与发展
人类智慧地
建立了联合国
布雷顿森林体系
唱不响金本位制
让美元成脱缰之马
北美　大西洋自贸区
多哈回合　巴塞尔协议
WTO 多边自贸区
国家间双边自贸交易
显然　国际秩序
正在慢慢地前行

好在　真的好在
中国三十多年前
终于明白　特区是什么
14 个沿海开放区
几百个这区那区
乃至前海与上海自贸区
一直在把开放的铁犁
哗哗地向前翻去
国家的政体深化
正在多极多边经营
经济社会发展的

国际交往
已成多国多企交叉
单边自爱　已演变成
G20　东盟 10 + 8　乃至 GN
甚或如亚投行
成为相互持股的实体

如今　国际观念的刀枪
更多成经济霓裳
中俄输油管
中德服务区
还有中澳合作项目
以及美元外交
国际观念
正在裂变与重组
国际行为的重建　正往
尊重　协商　合作
迈入新台阶
解决观念形态争端
或是个别地区事务
乃至为共同抗击
非典　埃博拉的行动
正在形成制度

今天　我们显然更明白
合作　可能会更好地开放
协商　在尊重对方基础上
能有效地深化

开放　能更有效率地保护
公民利益和国际秩序
纵然有千千心结
也必须回到驻地小屋
静静地思考
过往一天的细节
心平气和地享用
月亮的柔光　晨曦的召唤

国际　作为
众多成员体的实在
一言蔽之　你中有我方为亲
一情动之　我中有你可言情
一行为之　头上三尺有神明
公平　友人欢悦
正义　邪不压正
合作　朋友多多
协商　彼此尊重
人在做　天在看
不做没人看　弃之
做好有人赞
回报便成正比

态度

当大英帝国的黄油

不再过英吉利海峡
53 个盟友
仍占世界四分之一
《大西洋公约》《京都议定书》
显然遏制了
刚性的领土瓜分
或是飞机大炮唱主角
三个世界划分
已渐行渐远
四洋逐鹿忙坏元首
商务部长五洲奔波
多双边结盟
已成规则或制度
抱残守缺　争夺周边
就成了众矢之的

教训的深刻
历程有些激荡
“文革”的打砸抢
国际化成了对抗
主义之争几十年持续
刻骨铭心的喋喋不休
让资本留在了西方
理论留在了东方
因而西方主义
总能趾高气扬
国际社会　现实多是
西方人写剧本　建舞台

卖座全球
把话语权　牢牢握在手里
我们东方人若不主动帮衬
将会把自己
丢进马里亚纳海沟

显然我们不能　老像受屈的孩子
认为别人总在扬起巴掌
市场游戏规则
已成西人制度
不必大惊小怪
把自己的落后　说成进步
许多话语权又不在我们手里
气短　肯定话少
即便今天
看看 BBC 电子论坛
DVD 数字光盘
CEO 首席执行官
还有 COO 等等
西人的声音　不能不承认
代表了许多趋势

可是　在这期间
我们以非此即彼的思维
别人开始了垂直管理
我们争论　是否西人
在耍把戏
或是洋人

有什么目的
诸如颠覆我们政权
更可能神经质地认为
我们把发达国家看高了

国格

今天的西方文化　正能量讲
多是一个动手　动脑
务实的文化
看看哪行哪业分析工具
没有西人主导
很长很长一段时间
我们虽然建了条坦赞铁路
也不乏为柬埔寨　缅甸输液
说实话
我们过去的国际贡献
道义　大于实物
我们的国际行为
主义之义
多于国际秩序建设参与

六十五年的尴尬不少
我们常常
昂着黄鳝式的脑袋
怪洋人眼拙

言说敌对不友好
我们承认西人的过激
对新生政权封锁的煎熬
和可恨可恶的行动
至今　还有许多不友好
好在我们的智慧
还有真理　真诚与实力
大大改善了环境

其实　国际交流合作
如一日三餐
不能把饥饿　晦气
当成甘露　自欺欺人
在现实面前
该低头还得低头
只要不是媚俗
一言九鼎的斯大林
还以政治局
乃至个人名义
向瑞典皇家科学院
力荐诺奖申报

国格是把双刃剑
丢了面子得里子
可怜的面子光荣
温暖的里子实在
倘若拿鸡毛当令箭　烧饼当酒席
认为西方一切发明

都有中国人的影子
或是西人
一直在汲取
中国文化营养成长
把自己看得太高
恐怕不是清醒

当然　攀附不是好东西
可人为垫高
只好穿上高跟鞋
匆匆赶路　自然会
累坏了双脚
文化是互为影响的
那是国际常识
若说武大郎娶潘金莲
实在门当户对
阿 Q 当总理
人间才智一般高低
令人很是无语

第二章　国际语境

语言

地缘政治语境
是地缘文化的尊重
家族故事　乡村历史
还有企业年利龙门阵
就成了一种文化解释
显然　中国需要
美式千种企业年鉴
与社区　社团和文化团体的
《红高粱》里我奶奶及奶奶的故事
不只是莫言一个人专利
还需要麻疯村里的女医生
边防哨所军嫂探亲
几百万个社区
上亿人口　口耳相传的故事
升华为国家版的
“五个一”工程
方能夯实历史

一如“二战”结束的纽伦堡
与东京大审判

还有 1960 年落成的柏林墙
既是真理落地
争议与人性的丰碑的历史
也是国际民生舞台的语境
有多少人还记得
柏林墙长 155 千米　高 3～4 米
拥有 302 座瞭望台
22 座碉堡　600 只警犬
14000 警卫
斩断了东西柏林之间的
192 条街道　32 条铁路
8 条轻轨　4 条地铁
28 年间射杀了 239 名越墙人

可是　压抑太久的民心
占东德人口七分之一大逃跑
几乎在一夜之间
引来了 15 万人游行
一个青年试图越墙
在警卫慑于民众睽睽目光中
不敢开枪　瞬间的万人推墙
揭示了　正义战胜独裁
从而在一代精神死亡者的废墟上
又一代人站了起来
尼莫拉牧师的《起初他们》
让人们更明白了
国际化的民生语境
真理的历史简单到

正义与坚持

国际语境
似不宜急着政争
或是民主唱和
以及与人斗嘴
不如利用互联网
聊聊黄瓜白菜价
在网上政经文诉求
政府可能就要集中精力
加强公共服务标准制定
而不是把命运
押在拥有上
以至　把情感挟持
作为常态
一如培训导师讲理
好像世界尽在手中　致富不在话下
只要按我说的办
一切美好都在面前

历史语境　很是纵深
翻开 3500 多年世界史
31 个古埃及王朝中
雅赫摩斯等杰出君王
第一次将西亚北非文明
紧密相连　还诞生了
世界历史上第一位女皇
波斯帝国居鲁士诸王

不仅在2500年前　建成了
第一个横跨亚欧非大帝国
还创设了行省　军区　度量衡
以及统一与自治制度
印度孔雀王朝阿育王
把佛教这个民间团体
上升为至今印度第九神教
中国的汉唐宋王朝
无论对汉文化
及衣饰礼仪疆域
可能都是历史的丰碑
罗马帝国的安敦尼王室
在诸多铺天盖地暴君中
形成了一道独特风景线

看看世界文明中心中东
阿拉伯阿拔斯王朝
将两河流域与埃及印度非欧
迥异世界文化糅合成
全新阿拉伯文明
马其顿王朝屹立千年不倒
创造了军事学术等黄金时代
英国金雀花王朝的
《自由大宪章》与《牛津条例》
开辟了英国新千年民宪之路
把世界近代史推向了高潮
德国的霍亨索伦王朝
与俄罗斯罗曼诺夫帝国

散发了伟大国家的芳香
当代的美式民主与中国特色
成为东西方两大文化现象
没必要将甲或乙装进冰箱

民生

吴刚月宫伐木
嫦娥伴做女红
千年来故事不新
从小学到中学
每个人都知道
四大发明　《四书》《五经》
文明古国　也不是吹出来的
清代 GDP
曾经勇冠全球
实力笑看几国曾有
其实　大清的疆域之大
人口之众多
比起蕞尔小邦
这种对比　问问学界
可有多少意义

国人也明白
人民富裕　国家富强
也非西人开了天窗

船坚炮利　政治法律
还有国家治理　科学发展
倒是独步千年
六十五年前的建国初
众多英雄好汉
面对城乡破败
百孔千疮
挟胜利之雄风
急于旧貌换新颜
为的是
证明给帝修看
同时赢得一份
国家荣誉
一种国际尊重
希望凭着一腔热血
以及小米加步枪的余威
可能　相信一夜之间
要把社会主义建成

想想当年情景
你不能不佩服
他们的好心　雄心
与伟大抱负
令人心旌荡漾
虽然到头来　辛苦不赚钱
或是因缺乏经验　盲目高尚
赔了夫人又折兵
又怎能不做有骨气的事情

何况“二战”后的中国
国家与国民状态
已下九层地狱
理解　惋惜　留存
我们当然记得
一切以阶级斗争为纲
牛郎织女
没能完成鹊桥相会
好在第二个发展周期
对国际化的把握
深知国际人道主义
不能只唱高调
发展了经济　才能济国助人
终于有了今天
较佳的国际环境

中国人不忘本
也很少负义
即便在　困难时期
上亿国民还在挨饿
我们援朝援越
资助非洲
修建了坦赞铁路
对受辱或不平等民族
也尽力伸出友谊之手
从不含糊
些许种种

展示了中国人的担当
执政者的智慧
也体现了国人的友谊
心痛　交织与无可奈何
争议肯定有
但想想　又有什么可骂娘的

民主

当我们去了
草地加木屋的欧洲
烤火的壁炉熄了火
可能又想起民主圣地
现代文明殿堂的北美
龙虾当大蒜卖
好不津津有味
但若坐上百人 BUS
车上行色匆匆的人
不断看表　怕上班迟到
司机却把大巴　往路边一停
抽三几分钟烟
亦或干脆去 coffee 店
坐上十几分钟
你再急　也不必友邦惊诧
民主的伟大法律
保护着他们权益

显然　欧式民主
有德国人的失语
法国人的自我
还有英国人的高傲
美加的不靠谱
实际上　民主不是散漫
它是民族和国民一种选择
是一杯水的意思
作为时代的趋势
内容　方法与实际
可能都是天作之合

如果说民主不好
可能成众矢之的
若说民主就是抓脸抱腰
那可能浅薄了
但把民主说成不适合
却有掩耳盗铃之嫌
趋势没人挡得住
小节不是战略之道
民主就是民心之主流
不能急　不能慢
也不能不地道

第三章　国际行动

双边关系

国家生存环境
也是国际生活视野
合作　互动与联合
哪一个国家可以说
我不需要你或你们
绝对　可能只会
为自己对决
有时一个人
还拿不定主意
起床还是多睡会儿
何况双边　更需协商

简单到一个 Iphone 6 商品
美国人说拉高了
经济零点二五
日本人　印度人都有贡献
中国人居功至伟
阿里巴巴纽约上市
让一个看不见　实体的企业
成了亚洲首富

可能随之而来的
是这位企业大佬
因网购偷税
引发光环下的无尽官司

承认合理的
事实存在和秩序
显然要尊重历史　民族习惯
以及正确的思维
曼德拉曾被关押二十七年
受尽一切虐待
担任总统后
他邀请三位
虐待过他的看守到场
并恭敬迎之
并说　谢谢你们
当我走出囚室
迈向通往自由的监狱大门
我已清楚
若不把悲痛与怨恨
留在身后
那么　我可能至今仍在狱中

依此胸怀
我们面对列强的
话语权地位
是否也应该思量
几番挑战　几番参与

酸甜甘苦　教训多多
从口里挤食济友
开拖拉机周边送人
病床上拿走针药济非洲贫民
希望　为国民与国家
创造一个　良好的环境
与邻居　邻邦　邻国　邻族
建立战略关系

其实　文化差异
往往是国际化的难言之隐
以一衣带水的　日本为例
可能具有代表性
日本人多以为　中国人
国家观念淡薄
胆小　迷信　嗜睡　腐朽　享乐
说谎　自我　形式　财迷
牛逼　多妻　脸厚
还有忘恩负义
不承担个人责任

中国认知日本人
把邻居说成
好斗　残忍　吝啬　酗酒
虚伪　浅薄　愚忠　可怜
无知　争利　男权　好色
利己　伪装　不可信
还有寡廉鲜耻　死不悔改

铺天盖地的“二战”电影电视
更加深了印象认知

其实　这些认识
有对的成分
但更多的　可能是因仇恨带来的
大处着眼
中日文化
一个像海绵吸纳
为我所有
一个像大海融千溪
包容共存
前者做企业做产品
精致文化至上
后者普世之道
讲精神文化传承

这使我们想起
只要主义真
无论当年多么困难
勒紧裤腰带为友
与友邦说明
给少了援助的苦楚
却多次被友邻甩手打脸
仍继续着许多误会
执政者明白　对友邦
给多了　百姓愁苦
给少了　友人不满

被抱怨没有多少
国际主义

显然　小家　清官难断家务事
大家　八面透风　难以玲珑
有时　再哭也只能
打掉牙往肚里吞
四面楚歌的年代
在原子弹恫吓下
即便在睡眼朦胧中
只能看第七舰队
劈波前行扬威台海　或是走神
全球卫星定位系统
透视五脏六肺
教训可以总结　反思
错误可以纠正
显然　我们没资格
也不好意思指斥老一辈的正能量精神

中国一直奉行
国内　家和万事兴
和很美　美更和
国际　更奉行
远亲不如近邻
朋友多了路好走
亲戚多了人精神
海南岛般大小的阿尔巴尼亚
曾被我们称为

一盏欧洲的社会主义明灯
尽管今天少了消息
我们对毛里求斯
或是不丹
照样以诚待之
无论　国大国小　人多人少
一视同仁
国人用友谊写真心

艰难选择

多少年来　传统意义
疆土的扩大
多是邦邻加盟
国人没有　穷兵黩武的习惯
更无以强欺弱的兽性
即便给中国人民
带来沈阳惨案
以及南京大屠杀的日本
开国的元勋们
还思量日本人民
与国土的百孔千疮
不要再蹈20世纪20年代的痛苦
失眠地决定
免去日本战争赔付
宁愿让国人

勒紧再勒紧裤带
甚或将国人咒骂
留给自己

曾经的赠予和资助
变成以己之矛　攻己之盾
为了伸张道义
也只是教训了一下
中国人知道　世界
由双边关系作基础
以多边关系博弈
方可有广泛友谊
因而　一切政策与行动
书写　新的世界
与地区友谊史
而不是任性而为

中国人　中国心　世界情
对双边关系的大义
恪守信用底线
终有和平之舟扬帆
即便要拔出
锋利无比的正义之剑
仍是　一怒而已
选择和平崛起
不只是舌尖上的留香
捐款 APEC　贷款东盟
“丝路”献基金　“一带一路”

从未含糊

双多边关系的发展
贸易　是一个表率
国人缺乏基本营养
我们仍把鸡蛋　卖给富国
为了履行承诺
实属无奈之举
人均食肉每月一斤
对港供应专列
一直未停顿
实物与服务贸易
走得如此踏实
国人的苦心与好心
只求国家安心

翻开中国经济贸易版图
欧盟　美日　韩国
与其他伙伴
我们做生意　不附带
任何政治条件
没揩过非洲人的油
不捞东盟的宝
也不打亚洲人的家什
10 +8 还拿出
千亿美金作基金
在电话簿里
我们从不夹杂黄页

国际行走　选择的是
干干净净

因为我们知道
国际　一个大家庭舞台
不能只唱京戏或播韩剧
还要选择《哈利·波特》
BBC 还联播
30 集《卡尔·马克思传》
1999 年　BBC 因特网评
上千年世界最具影响力人物
马克思位居榜首
理由是因他改变了人类
20 世纪以来进程
这并非英国人赞同马恩
想搞社会主义
而是宽容　正视现实

马克思活了六十五年
英人收留三十四年无语
拉什迪《撒旦诗篇》
冒犯了某些国家
扬言要杀之　英外交部
每年花费 160 万美元保护
并与该国绝交
当该国宣布不杀作家
英国人与之复交　且代作者道歉
我不赞同你的观点

但我保卫你　表达观点的权利
国际关系　宽容永恒

今天　历史又翻了新的一页
世界 200 个经济体
不少与我国建立起
多双边关系
即便不与我建交的不丹
也有旅游　人际交流
国际视野
不只是政治　经济文化
还有医疗　文化　体育
科教电子商务
以及许多许多方面
据估计　凡沾上双边的关系
已经有了上万种
而且　这种关系
近年还在快速发展中
诚助　诚往　诚信
是我们相处之本
选择　不是好恶的标准
而是　建立更友好的关系

多边关系

圆切多边

形状多棱　花开几支
WTO 多边自贸
维和部队　亚丁湾护航
派医疗小组赴非
中国已经
参与全球治理
承担大国责任
百分之七以上增长
世界受益
人民币成第四大货币
全球稳定器之一

国际尊严正在塑造中
国民屈辱　来自自由受亵与外侮
国家屈辱　可能是安全引发的挑战
国际屈辱　显然是空间被逼仄
命运共同体建设受阻
在文化放任　政治狂野
经济放浪　权力肆虐中
将相互关系视为虚无或敌我
佛教认为　一切关系皆因果
其实　百分之八为相关关系
虚无与因果关系也就百分之二十
社会冲突野蛮化　有可能
太强调因果关系
往往造成价值认同片段化
从而　催生历史负面清单
以致私法流行

难以在多边关系中协调发展

我们在 G20　金砖　APEC
建立多边关系
经济上有了一定经验
政治上不结盟　走多边合作
却才刚刚开始
向人家学习
没有必要　讳疾忌医
上海合作组织成立
多边政治关系
正式上升了一个档次
我们的国际合作路子
渐趋明晰

当然　有些关系碰不得的
一如腐败和男女关系
不成熟就要交学费
缅共的钱白丢了
柬共的款也打了水漂
太仗义往往少了
国际公平原则
不仗义又显小气
不懂　显然不能嗨嗨
若是不结盟　将失去更多友谊
但结成政治联盟
以强藐弱

绝非是多边关系

多边　是一种合作与交流
政治　科技　教育
文化　生活　国民往来等等
都可尝试对接
国际接轨　一如火车变道
做好扳道工
轻击按钮
今天已不是问题
因噎废食
可能不明智

当然　我们要思考
经济是多边关系的博弈
也是利益共同体
揭秘美苏档案　诡异的20世纪50年代
四周阴云密布　共和国决策者
左手横刀上甘岭
右手奠基156项国家工程
稍后“三线”2000项目布局
构建起中华当代工业脊梁
原子弹吓人玩意
也起了画龙点睛作用
如今无论企业　城镇
还是国家　个体
正以实在面目　饱满精神
在犬牙交错中

看清航标灯
或做好卫星定位
历史将会多姿
正气　正直与正道
国际发展
便会波澜壮阔

看看 WTO　TPP　TTP
还有“一带一路”关系
在美国开启太空探险　科考的
范式演进中
中国不只是有九院
也有中兴　平安布局全球
华为更以 16 家研发机构
28 家联创中心　7 万技研人员
年耗资百亿
服务几十个国家
以及介入几百个地区贸易体
世界经济关系　已经
渗透到企业　个人　族里
影响着 CPI
房价上涨与通胀
席勒分析 1890 至 2013 年
美国房价年增 3%
比通胀 2. 8% 略高
意味着　美国房价抑通胀

同比环比　横比竖比

中国房价上扬
显然有拉动通胀嫌疑
这是过渡　还是政拙
如今的经济发展
往往呈几何级数变化
梯诺尔想构建驯服寡头的
市场监管体系理论
不知能否阻止百分之八十国家
陷入中等收入陷阱
国航　南航　东航
乃至海航川航
在国内很丰富
走出国门
还需与泛亚　汉莎等等
代码共享
世界已经将一切符号
当作资源
进行 360°相切

我们似乎　已注意到
以族姓　地理经济
构筑多边关系
或是将地缘政治
上升为国家政治
如欧盟成员中
二级的就有省区
行业结盟
与三四级更为普及

发达经济体　已经建立起
人和知识的社会化体系
瓜分着全球资源
巧妙地重组着经政社体

如美国的全球卫星系统
以服务占领全球
大约百分之八十空间
六十五万间客房的
美国酒店公司
赚的是品牌管理钱包
让辛苦出资的实体企业
负债经营
互联网服务器
百分之八十
在美国人机房里
我们的开放
北斗星亮　几时落地
不是一朝一夕把式
社会化体系建设
还有太多太多的事要做
哪里经得起耗时争执

人际关系

我们的国际人际关系

还不是太好　只因为
我们常有做对了事
却被人口实
一个藏族问题
国家花费大了
几句口舌之争
几言主义之议
政界　学界　商民界
相对欠缺的　宣传真相手段
或说因欠缺　社会化宣传体系
被人指为人权灾难
小小菩提加耶　藏传喇嘛庙
许多国人看后
都为达赖叹息
可又是什么原因
黄教留恋无根之土
是否我们
太会表达喜形于色
却欠缺　国际化沟通方式

经验证明
以自我为中心
可能失去的是自我
比如中日关系
国家层面不去议了
没能建立起
常态立体交流的社会化机制
以致造成国民之间

谁都不喜欢谁
民调显示　双方都有
一半以上的人
不喜欢对方
中日 3000 青年来华
限于精英与组织

形式是要的
可否再来点实的
让国民行走
成为邦民常态
像英联邦
或是大西洋集团间民众
亲如兄弟地走动
民间外交才好书写诗情画意
动辄骂靖国神社
或中国威胁
显然都有些欠缺智慧
中日双方
都应调整自己
中越恩仇　不能小觑
国民交往设计
关系　方法　需要有新调

无论单双边　还是多边关系
建立和发展　都离不开
国仇　家恨　族斗分开
虽然　这种分离

可能十分痛苦
但不去分割
理性难以建立
友谊　将会大打折扣
中古冷暖　中阿疏离
教训似乎不少于经验
多边关系的一腔热血
往往会变成
单边关系
失去国际合作意义

就事论事
可谓沟通的好方法
一国两制实践
港澳回归　求同存异
搁置争议　共同开发
五项基本原则的智慧
解决了中印、中蒙争端
想想港深交通发展争议
罗湖地上口岸
也随时间　变成地下铁的热闹
放大到　与多国的交往
让民间往来成为利器
外交若只是专宠
或上层建筑者的香饽饽
国际关系仍要深思利弊
关注　关爱　参与
难关便踩在了脚下

第四章　国际智慧

话语权

太阳　以晨温午骄夕柔
给人类无尽关怀
小草　以春风吹又生的歌唱
给了我们欢娱
世界话语权
已经从专行独断
演变得大到联合国安理会
小到提供埃博拉医疗服务
国际关系经验启示
全球胸怀与合作魅力
小经济体也有大文章
新加坡小国大政治家
西哈努克游走中俄朝
也能吃香喝辣

瑞士永远中立
与各国都有好关系
比利时以 20 支全球基金
取得国际地位
国内政治治理

移植到国际
往往水土不服
量子纠缠的事实
可能是物质守恒的
精神话语
话语权不在体量大小
却在行动迅速　智慧谋划

回顾国际关系种种
你方唱罢我登台的
风气已经过去
长笛　萨克斯　手风琴
十八般武艺　各有音韵
国际生存　作为一种状态
国际生活　作为一种运动
自助的国际话语权
如代码共享　零关税
已经契入一切
乃至时间空间与行业
半产业链与核心技术选择
国际关系一如工作母机
螺钉密布
少一颗
可能都运行不得

国际是经济关系
也是政治博弈与合作
还有国民行走

文化互补
我们知道　丰田纺织
可装备汽车生产线
爱信精机关键零部件
也需全部介入
微软　戴尔　IBM
500 个品牌欧莱雅
10 万个产品的西门子
用技术组装母机的
富士康 10 万个专利
挤进美国科技公司 20 强
豪赌 90 亿做机器人
一夜之间把代工企业
变成高科技
速度与策略
让我们感慨良多
不敢随性妄语

尼罗河革命的教训
也告诉我们
改革不那么容易
急功近利
暴露的不只是
威权领袖走向堕落
还有随之而来的
对民众组织
与预期的不信任
政争获胜者

也就没能改变
经济滞阻　也未能
给人民带来些许幸福
反而把世俗力量
与伊斯兰的对峙拉大
加剧了未来的风险
上台者曾许诺的
民众诉求
变成了哥德巴赫猜想

如何评估　我们的历史
与国际地位
形形色色的
国际竞争力评价
搞得我们有些晕晕乎乎
曾经的超英赶美
好像　一夜激情过后
能做世界老大
好在国人不傻
今天终于明白
距离　不泄气
成绩　认真找差距
问题　好好分析
被骂　先检讨自己
我们不断进步
就有改变不足的机遇

话事权

合作如履　互为圆心
困难　让环球市场同驱
这不是推卸责任
而是全方位参与
先不说老大的责任
小哥小妹　父老乡亲
要养　要给饭吃
军队要现代化
大学扩招
每年几百万人毕业就业
三亿农民进城
四万个城镇建设
哪一样可以松懈倦怠
哪一项能不把全球市场
认真地培育

中国人的生活态度
工作方式　行为观念
还有商业模式
已经不再是本国的事情
对全球所产生的
心理与生存压力
正如中学生的数学与英语
两座大山也没迎来愚公
却唱来了国际文化认同

感召　亲和　形象
一如体育赛事
成为国际交流的
最好表演场

从而昭示
中国人走出去
不只是器物层面
如家电　建筑队的打桩机
更需《西游记》
以及中国小人书故事
和其他公共产品
与世界进行深层次交流
被儒释道浸润的
大国形象　才可能
更加丰腴

评价国际地位
不只是方法问题
国际文化开发
尽管今天已不用
美索不达米亚楔形文字
但是　五千年前的
苏美尔文明
让我们知道
几十万册泥版文书
如何与天地人文数学相关
宇宙可能是

一个数学几何模型
尚需有待考证
何况国民　国家这么多事
能忽略任何一项国际行为
自己就有可能被视不屑

世界文明　多彩多姿
分析工具层出不穷
相信上帝无处不在
一如规矩　诚实　恭敬做人
心中之灯塔
其实就是善良与正义
如美国人生三件事
健康　工作　情感
星条旗飘扬在城乡　家庭
五星红旗不可以如此吗
那应当是与上帝同在的情景
比尔·盖茨将580亿美元
捐给慈善基金会
只不过干了件自己喜欢的事
可能如某一宗教
一股独大不一定是好事
宗教托拉斯
甚或是灾情预警器

排序

如果说苏美尔人
用算术和代数研究自然
希腊人则用几何工具
埃及金字塔
显然是算术几何的产物
希腊人把数学科学
推进到公元前 2500 年
知道了地球的旋转规律
阿基米德
将物理与数学融合
杠杆定律发现
使西方现代科学
有了快速的提升

圆的度量让数学升华
希腊　埃及　印度
中国人都对天文　数学　物理
有过巨大贡献
但是一千五百年科技过渡期
上帝几乎把人类忘记
世界科学
被人类折腾得
停滞了千年
这是否天神
给贪心人类的惩罚

继承的排序
是习惯　国学　知识　技能
还是方法分析工具
值得浏览世界文明之后
给出一个较佳答案
华夏古国
比起中东文明　确实有差距
人家有六千年的
建筑物留守
我们只有
宋代以来出土的小物小器

中西近代文化大分野
从 14 世纪开始
西方科星闪烁
社会科学　自然科学
一大串名字让我们汗颜
中国没有亚当 · 斯密
也没有
亚里士多德　托勒密　哥白尼
西人从讨论入列　研究入手
把科学推进
达 · 芬奇是历史丰碑
创立了守恒定律 $A_1V_1 = A_2V_2$
各式各样发明
几乎与其有关
在中国似乎只有苏轼

可稍逊出列

诚然 国际对比
有时也不一定
是个好东西
你看乔布斯
就成了一面镜子
蚁族 蜗居的青春达人
不是高大上 白富美的经历
天使投资
找地下室辍学的
不会敲二楼毕业生的木门
人往往在树后尿不出来
却总想模仿小燕子
在树林间飞来飞去
如果说盖茨论道
不及希望集团大佬
却悄悄把数百亿美金
捐献社会
却从不表白
社会在实干中
才会发展有序
当然 如果像丘吉尔
打赢了“二战”
却输掉了英国
倒也值得

今天许多指标不能回避

虽然　我们能不管
西方人说三道四
倘若不能正确面对
政治　经济与科教问题
离市场经济国家的
人口素质　思维等
还有许多距离
民主与法制建设
更非一朝一夕
社区管理
尚在初级阶段
产业升级　好长的路
在等着我们去走

高端制造　不仅是大国大企的角逐
还有中小企业的亮丽
抢占全球产业链制高点
以及高端服务业
中国逼迫自己政策提速
不必患得患失
一定要充当老大
Iphone 6 的发行
苹果公司打工皇帝一族
也仅占百分之二十利润
发达国家再工业化
在新一轮行程中
国家治理的话语
直让后发国家

紧迫直追
中国　前有标兵　后有追兵
能否 2025 年华丽转身
尚需拭目

智者

奢侈不是大众生活
却是一种态度
尊重学问
是国际精神
与智慧的无花果
当然　我们不能关门自闭
嘲笑挪威的火山灰
希腊经济学
或是叹息古巴革命时
它的毕业生
却早以高技能饮誉拉美
直达高附加值产业

师傅美国　更以
汽车　钞票与老婆不外借
唱和今夕
对游者言　美国最耀眼的却是
随处可见的星条旗
把国家忠诚　写进日常生活

人人参与慈善事业
与严守交通规则
没有保险不出门
离婚的昂贵
约束了美国人的贪欲
开大车与当护士
也属高薪阶层
劳动得到尊重
良好风气　才有新进
美国可能
就是这样炼成的

当然　中国也是务实的
美国宣传
不以中国为敌为友
我们仍大度地与美方
建立起 100 多种
对话机制
我们不是
热脸对冷屁股
而是　国之现实
1949 年　我们
仅 179 亿美元 GDP
我们如何能潇洒得起
三亿青少年入学
十多亿人普惠教育
来点国际胸怀
给点时间

让执政者理顺吧
不要老抱怨
中国的月亮不如外国的圆

问题　事情的积累
谁让我们碰上
几步并成一步的尴尬
几餐凑成一餐暴食
只好匆忙间
一步再分几步走
肯定出些心脏病　糖尿病之类

今天　我们又需认真面对
高科技抵销战略
可能将剥夺“二战”以来
世界影响力　中国威胁论
在浊流重气中
也是挥之不去
美国担忧中国崛起
中国戏说美国遏制
双方心态变异
守望相助　共同发展
好不容易

己所不欲　勿施于人
美国帮助安倍
解禁自卫权
扩大在太平洋西岸的布防

在非洲打恐
中东放油弹
南海印度洋护航
世界警察也不好当
中国以“一带一路”战略
四万亿美元外储负责任
友好地参与国际大循环
确实　我们底子不厚
弟兄姐妹这么多
光拉高考试卷
就要万吨巨轮
西方按几下键盘
全球一片赶考
国家成长发展
每一步　都要花很大力气

第五章　危机

心魔

欧元贬值自救
不乏一种方案
肥皂剧《绯闻女孩》
PK 贫困与艾滋
让非洲人
开始一种新生活
倒是背着
三万亿美元债务的
中国地方政府
可否借鉴新加坡设计周
城乡创造　新一轮创意风气

泰国国王　每年身体力行
将创意作品热展社会
好莱坞不少宣传招贴
都有泰国农民竞技
不能老盯着
阿里巴巴 2500 亿美元市值
亦或腾讯的 1500 亿
忘了当年它们

也是一个人公司
产业发展历史
不会永远是
云在天上
刘强东在地上
视频游戏 250 亿美元的产业
让每一个话题
都有产生千亿美元的行业
给我们带来无尽希望

还有尼孟铁路　港口建设
南美经济参与
以及斐济　斯里兰卡
水漫金山问题
我们都可介入
维和　信息共享
大小许多事情
也不能负气
让心魔当了门卫
许多规律
仍然要去遵守
当然　许多国际事情
也在变好
改变需要时间
以及很大力气　这一如
数学的精确性练习
使它成了
一切科学及生活的工具

计量　商贸　人口普查　收款员
个个都是人物

既然文明还在积累
我们何不踩着
巨人肩膀攀岩而上
其实　概率论诞生赌场表明
巨人站在巨人肩膀
有了牛顿
科学与技术结合
变成人类
须臾不可或缺的工具
今天的世界
一个人要威要横
都可能殃及国民
萨达姆　拉登的下场
不值得同情　同情的
是该国民众的可怜
大事有国际社会公理
小事可让国民参与
师夷人之技以制夷

差距

美国人均收入
三万美元以上

可谓中产阶级
穷人在年收入三万美元以下
按此标准
中国当然几乎都为穷人
勿说有三亿中产人士
若按购买力评价法
中国国民
离中产距离显然不远的
将达三亿人口
这种对比
我们可能会记起
哥白尼日心说建立
全球开始了
伟大的科学革命
200 年间建立了
现代科技体系
却几乎没有中国人名字
细胞　小分子　生物学
力学　原子核　质子物理发现
与合成树脂
哥德巴赫猜想命题
化学与数学
以及天体宇宙空间理论
乃至各种标准化体系

我们虽然创造了许多
诸如印刷术　中药中医
但在现代科技方面

我们毕竟对人类贡献太小
以物理学为例
从伽利略　牛顿　到爱因斯坦
惯性　万有引力定律
以及热学一二三定律
稍后的电磁学　光学
还有 X 射线　相对论　量子论
原子论　波粒二象性
量子力学等等
几乎都没有中国人身影

当我们沉湎于主义之争
激光　固体力学
以及元素周期表
已经放之四海
为人类造福
把实验室的翅膀
都装在了太空
我们却还在高歌一曲
其实　没有双翼
如果还像　掉毛老母鸡不服气
偏要逞能放飞自己
摔下来的不只是
跌了个猴子屁股
更可能有了
几十年伤筋动骨
与卧床休息

危机

鲜花与绿叶对垒
森林与草场相争
还可以在树上养蜂
在草地放牧　这些景象
老农也是熟门熟路
创新不易
创造就更难了
今天　一个美容产业
2000 万例　5000 亿美元
9000 万人受益
许多人很是不屑
认为整容不是东西
其实发展是一个传奇
反思六十五年
不只是姓社姓资
那么简单
也非发展就有硬道理
不发展　当然死路一条
不精准发展
照样可能没有　国际地位

自鸦片战争始
国际列强
一直让中国鸡犬不宁
但许多事

也属国人不争气
清末中国式政治
清军打牌　买春　置房
灭了北洋水师的
实在是自己
诺贝尔奖首次颁奖
上个世纪头十年
西人两手不误
十年间创下奇迹
第一只电子管问世
染色体揭开生命的奥秘
空中飞行渐成气候
爱因斯坦相对论
让人类翱翔
在茫茫宇宙
我们却在手忙脚乱地
为生存　尊严　主义而战

奥匈德“一战”这十年
地上炮火连天
亦有仙石诞猴
原子核理论
揭开了宇宙物质之谜
福特汽车流水线诞生
现代化生产
可 24 小时进行
跨越大西洋
无线通讯线的架设

天涯歌女　同台献艺
英国广播电台的天籁之音
传遍寰宇
机械发明接踵而至
迈入机电时代
中国却在
孙行者大闹天宫
主义与军阀激战
国民饥寒交迫
科技几乎一无是处

20 世纪 30 年代经济危机
我们嘲笑
资本主义不是东西
把牛奶倒进水沟
胡萝卜烂在地里
流血流脓的资本主义
却把民主向前推进
国民生活
搞得有滋有味
青霉素　电视机与彩色胶卷
用色彩　工具
记录自然和医治疾病
哈勃望远镜
显然又开启了一扇宇宙之门

20 世纪四五十年代
虽然有罪恶的

巴尔干火药桶爆炸
国民生活之舟一片焦土
科学家用生命
抵挡炸弹飞舞
置身世外地
忙着代数几何
从而有了
核科学与原子弹
巨人计算机与晶体管
还有人工智能　控制论
与商用飞机
惊人的科技成就
我国却在百孔千疮中
为一日三餐拼搏
科技发展
实在要集中精力
奢侈奋斗

面对窘境
新中国急得很
发誓大干“大跃进”
甚或上九天揽月
下五洋捉鳖
不惜一切代价
把国家治理得
让资本主义成纸老虎
许多笨事
也就只好苦笑了

六七十年代　好不容易
我们在某些领域有了突破
沾沾自喜于一得之功
和一孔之见
却没能守住机会
将政治风雨
哗哗飘洒大地
同期　西方国家
核电站　月球登陆　宇宙飞船
肝脏移植　同步卫星
都有杰出表现

好在上世纪末叶
我们赶上了
发展的最后一班车
发达经济体有了
旅行者1号　试管婴儿
克隆羊多莉
以及人类基因组测序
我们也能介入　参与
不至于被开除科技球籍
但惭愧得很
我们的科学理论
仍无多少国际话语权
技术浪花虽然不少
实施潮汐发电
还需费很大力气

检讨

百年一回眸
我们不能不承认
有些国粹　显然需要扬弃
比如　曾广贤文虽好
大米并非高粱
道经流芳千古
与孔孟之道　耶稣讲的
几乎一个道理
文中不谙
却被人利用了几许

近现代科技体系的创立
我们不知去了哪儿
对人类的杰出贡献
我们能排老几
物理学　洋人名字
化学　西人符号
生物学　华人只当拉拉队
医学　百分之九十没有发言权
数学　三十年才论证一猜想
经济学　拾人牙慧
也能成二级教授
统计学　跟在别人后面
管理学　没有自己的大师
我们一直在科学或高技术的

边缘行走
却敢大声地歌唱
妹妹你大胆地往前走
嘻哈哈当了舅爷
却有些蒙在鼓里

还有宗教的现实问题
也值得检讨
有高僧云　近百年来
宗教洗牌　国际化
修行成就最高者
首推在家女居士
次为男居士　再次为出家女尼
和尚只列第四
游走多家寺院
做饭　扫寺　修缮
已由俗界业者所为

僧尼神圣　恭敬如父母
与佛与法　已列三宝
念经弘法　已成专利
袈裟一披　俨然天使
可见　即便圣地众生
国际借鉴　若是固执
可能难有激情未来
与文化快意
《波罗蜜经》与《六祖坛经》
能教化的人　是否懂此道理

第六章　实力

硬实力

如果说　中国硬实力差距
还表现在　武器装备
远不如西方大国
一招一式
中国总量与局部能力
如今在国际上
有了一席之地
中国的国防　已经不是
五十年前的体系
友爱的邮轮来自云计算
科技一国主导
变成共同项目攻关
问题是　我们经得起
空间站的距离
还是研究的范式差异
能创造自己的硬实力

至于经济　是否大而强
亦或制造业能否为
产业升级

达到预期目的
讨论这些
是一个不轻松的话题
中国硬实力
不可能三几十年
朝九晚五
打造起亭台楼榭
让国内外评论家
一声声叫好
我们的努力
虽然任重道远
却也可以有
把现代化
向前推进的动力

软实力

今天的国际行为
显然也超出了国界　球界　星界
明智的企业　政府
都开始了宇宙行走
到太空去讨饭吃
建立起官民一体的
发展机制与体系
和民主法治
参与国际秩序建立

聪明的商人
不仅走过欧洲小镇
也一定会去印度　东帝汶
到孟加拉或埃及
还交了飞船旅行费用
或是购买航天飞机座椅
把视野行程
安排在从未经历的领域

软实力　还表现在
政策与国民
可以为推动或创造
任何信息　符号
都有可能诞生一门产业
一个香农　将信息
从一个空泛术语
变成可操作的理论
电脑才有了编程
进而开辟了一门产业
石油输出国组织制度设计
将石油产业国有化
迫使西方国家
增加北海和阿拉斯加
油田的供应　从而
减少 OPEC 在全球影响
今天的经济　理论
政策与政治
如此融为一体

我们的国际主义
是否调整为国际议事
更会形成
全球思维一盘棋

有人说　国际软实力
慢慢来　稳步走
硬实力　靠不得急功近利
软实力　护航出成绩
不要老想占人便宜
重大决策不仅要过夜
还要过三教九流
洗一洗
才可能代表各方利益

巧实力

国际是一个组合体
人法社会　道法自然
湄公河百里十八弯
自然文明的精髓
无不是道法自然的使者
甲骨文　《诗经》　《荷马史诗》
以及文学巨著《红楼梦》
各有千秋气韵
倘若我们有做不到的

想超然世俗
那就拥抱好了
既然埋怨解决不了问题
那就巧为开始

巧实力　是国家成熟之玉
若有人说　莫言得奖狗屁
总书记讲话诳语
美国没什么了不起
德国人已经没气
大学教授乱弹琴
企业家投机取巧太多
霍英东只不过
一个红色资本家
李嘉诚缺乏中国心
美国佬俄国革命送粮食
都是为了做生意
倘若认为只有自己
是那么地能干正确
巧实力　没了成长根茎

检讨软巧实力
要以美国等发达国家为师
最根本的　是改变思维
解决“两张皮”
管放干是“一张皮”
二元经济结构　第二张皮
“三农”与城镇化

可能是第三张皮
体制内外
又是一张大皮
皮肉相分
自然不是道理
如何得体区分
体现水平　大气
国土与政策
全覆盖可讲清道理
不要把我们的创造力
用在简单问题复杂化上
不然　巧实力
也会面临一场真实的危机

过去　我们不太重视
上下沟通　邻里纠纷
内外讨论　时间短长
把事分为大小　并以
抓大放小
自以为得计
一个写十大流行的帖子
跟进就有十大美女
以及十大 ABC
See　me　here　不是不见不散
见了有可能更快散
何不像乔布斯
150 人住进沙堆
几个月写一个电脑传奇

来得过瘾
若要把巧实力贴上精准
聪明就会过头
李白说古来圣贤多寂寞
杜甫讲丑妻恶妾胜空房

骆驼遇上仙人掌
太阳普照过青州
巧实力　重在做
不在取巧
不做只会慢慢变老
取巧只会养老
把城镇　国民行为
社会经济等等巧力
上升为国策
与发达经济体
亦或先进模式对接
靠的是专巧和国际视野

一本《经济学人》杂志
可以做成全球品牌
一家美国出版社老大
可比拟中国几百家出版社的
产品产值总和
靠的是版权贸易
与巧妙的文化输入
一罐碳酸饮料的巧卖
可以卖几十百亿美元

风靡了大半个世纪

还有　一包立顿红茶
可以赚几十亿美元利润
是否靠乖巧地躲在芳香里
硬实力　软实力
还有不是投机为目的
巧实力
国家发展　商业成功
靠的是三力并举
辛苦加巧力
干得实　干得巧
才能干得好
否则　我们的国际化
有可能拖着长长的尾巴
摇来晃去

第四部
社 会

社会是一个舞台，也是一种性格表达。

尊重，社会态度与正能量的标杆。无论个人、机构或组织团体，只有自重，才能受到尊重。

法制和民主社会建设，或者说尊重社会的形成，就是公开、透明、公正、良好友善的社会风气以及助人济困的社会形态目标。

社会形态的变化，反映了国民生活、国家使命的变迁。社会结构的稳定与解体，依赖经济基础，还有历史人文、民心向背心理，可能只有社会正能量全覆盖，现代化社会形象才会全面升华。

友情需走动，客户要互动，资金靠流动，团队看活动，生命在运动，爱情盼主动，成功靠能动，好社会建设靠共同行动。

人的命运在于性格，性格的上行线是服务能力，下行线也是；函数模型交会点，也是准星与分水岭。社会的上下行压力及张力也在这一点上。

第一章　多元素集合

舞步

人的价值　在于服务能力
上下行线的
抛物线或函数模型
都已标明了标准　交会点上
向上服务水平高　向下可能负水准
在一个最不缺标准诉求的社会
人人都是标准制定者
有可能缺少共同或基准
一个银行经理
把贷款挂嘴边
再牛的学者　切勿向其借钱
他们会说　你本事哪去了
连点小钱
也会要借吗
他们不知　学人贡献
社会为先
向你借之些许
已把你当成好友
因为他们
已经把面子

押给了你

普世价值　首先秉告
金钱社会的良知
不是钞票铺底
也非把人民币单位
当作登高的阶梯
尚若把爱国
看成钱钞数量
把友情当成生意
服务比作提款机
窗外事视为毛毛雨
将标准定为个性
收益比作人性
社会建设　就可能有你
贡献的一部分无知

社会建设　实际上
应是和谐安全为标杆
展示文明进程
社会　作为多元素集合
只有放进足够的温馨
才能友谊之树长青
我们若用三脚猫功夫
评说千秋功过是非
显然也没能力　三言两语
断定发展成败
妄议下一代不是

治国是一个现实关怀
治理社会　要有忧患　法律
透明　尊重与敬畏
乃至多把剪刀
和解剖关怀并重
因为社会是你我他
也是名利场
自然的天堂　实物的世界
各色人等　各种事物
观念　想法与行动
都在这里产生　相交与争奇
这里有小家　社区　城镇
也有居民　家庭　学校
单位和国家
在工作　讨生活

说多一点　我们居住的家
是最宁静　安全　知性的港湾
亲爱的码头和乡情乡愁小屋
在这个家里
人可能有两张脸
一张每天衣着整洁
把家收拾得干干净净
一张走出室外
面对外墙　小区或街边的
烟头纸屑
以及围屋　围街与围城的垃圾

我们是否也该
把不洁变洁　不净擦干净
一如洗头　穿衣和在家卫生
不然　我们有可能
放下干净的右手时
左手把脸揩脏

社会已进入
互联网或后知识经济时代
个人　机构都有可能
成为作家　经理人
以及新闻工作者
把自己的诉求
好好发扬光大
因而　无论企业　城镇
让人适应你的公司文化
亦或景点　园区与发展思路
不如去适应人才
以及根据发展需要的
新型体态　业态及模式组合

亚马逊创始人
贝佐斯认为
在旧世界
你用三分力气做产品
七分做营销
今天似乎应颠倒过来
把企业产品做精

方可服务社会
把城镇包装好
才能招来凤凰筑巢
平庸　苍白的游说
不如逆向思维更具效率

再说多一点
如何做人　方法多多
老中青幼　各有思路
人生不重来
走好每一步
不至于　一失足成千古恨
以利相交　利尽则散
以势相合　势退友尽
以权相谋　权失互弃
以情相知　情伤交恶
以心相融　即可持之
以怀相向　方可久远

社会可以没有
老板会所
但不能没有
大众交流的舞台
治国治城治乡
社会发展离不开
道理　事实与治理
宗教重道　道法自然
哲学重因　方法为先

科学重证　物理说话
技术重事　技能取胜
社会重管　和谐为先
历史讲故事
不讲因果
政治讲在位
在野在坛主次分明
百姓讲生活快乐
把社会当作
一个大舞台

社会剧情
显然不可狗血
倘若行使
女人独有的天真
温柔的天分
宽仁便有了舞厅
人若太方　容易伤人
倘若太圆　容易被疏离
椭圆最好
有形　有模　又有样
会让人喜欢
人可以矜持
但最好不要僵持
人可以不上学校
但不能不学习
人可以没有风度
但不能没有态度

其实人呵　不要怕被人利用
就怕自己
高不成低不就
大事做不好
小事也办得没用
当天上掉馅饼时
小心地上陷阱
在等着你跳
相信时间像马
没有回头草可吃
把心眼变成烤炉
只能温暖一二人
把心胸变成中央空调
可以温暖更多的人

社会作为一个
行进的制度
和不断打磨的壳
明确而清晰
界定各方的权力责任
涵盖可能发生的问题
和简单明了的解决办法
显然是万福
当然　社会作为一个会堂
不能光凭台上声音
听众千百　见仁见智
故事多有纵深

蔡元培兼容并包
奠定大学教育体系思想根基
胡适认为容忍
比自由重要　春风杨柳
张伯苓挑粪建南开
梅贻琦执掌西南联大
太太卖烧饼
竺可桢建浙大
陶行知身体力行
梁漱溟伦理本分　职业殊途
陈寅恪守自由思想　独立精神
毛泽东让中国人民
站了起来
邓小平大喊
贫穷不是社会主义
社会和谐之梦征程
不就是这么
一步一步走来的吗

自然社会

倘若自然界的生物
能够不再躲藏着人类
夜幕下圆睁双眼的
持猎枪者

已经高枕
自然社会里的各类成员
被庇护尊重
一如印度教中十大保护神
它们便会兴高采烈
坐在树下悠闲地
看过往人马车流
人的现代化　至少
可以打 70 分

在我们的家园里
蓝天　白云　青山　绿水
还有好的空气　放心的食品
与夜不闭户的放心
可是　不少地方成了奢望
小鸟被赶尽
栖息的森林　充满恶意
地下资源
被以探矿的名义
开垦得　支离破碎
秃了山头　污了水源
自然界胸闷得呻吟
还有患白癜风般的土地
口吐白沫颤抖
似在奄奄一息
无助泪流
我们　还有什么脸面
大言不惭人的城镇化

曾记否　巴比伦文明没落
过分的放牧
土地的开垦
与两河流域休戚相关
尼罗河冲出了金字塔
把中东文化
提升了一个档次
可现实中
世俗与宗教一厢情愿
并轨开行
没能把沙土泛绿

现代文明光辉
刚果河虽保住了
非盟最后边疆
却没有阻止住
撒哈拉黄沙飞腾
坦尼赞追杀
野生动物脚步
不知停否
亚马逊流域的
神秘故事已经减少
世界第二大肺
印尼原始森林的灵芝
正变成许多人锅里靓汤

恒河三角洲富土的经幡

又引来湄公河的杀戮
鲸鱼被人追赶
大象牙　让人做了装饰品
猴脑上了餐桌
穿山甲清汤的美味
还笑哈哈地说吃特色
嗜者形象已被黄昏把门
长江如何走出
水清的幸运
黄河的泥沙
可能乍暖还寒

自然是一个系统
与人类社会
相互依存
沙漠惩罚的黄风
“非典”与埃博拉的出现
让人惊怵
许多许多流行病
人类似乎不应当健忘
它的根源
正是人类自以为主宰
恬不知耻地
以自己为中心
还说是以人为本

淡水的枯竭
河涌的变黑

森林大火　火山爆发
大地震的触目惊心
六万个水库大坝
把大小河流斩断
痛得地球怒目圆睁
东中西线南水北调
似乎应铭记
百分之五十五的国土
已不适宜华夏精灵生息
人类若是只以自己为中心
忘了实物　大树小草
社会还有其他成员
显然是个死脑筋

自然社会　是一个独立的存在
也是社会大系统的
一个组成部分
当人类有了主宰权
随意行使权柄
将会把火药桶引爆
乃至灭了自己
塔克拉玛干绿洲变沙漠
还有撒哈拉的漫延
以及塔里木河的干涸
长江几大湖泊的断水
我们似乎应时时问问
本是同球生
相煎为哪般

倘若嘲笑印度教
山水河树草为神
显然没注意到
自己已似人非人

实物社会

托尔斯泰先生在
《一个人需要多少土地》里
讲述一个地主
总在跑马圈地
当看到自己丁点大坟冢
才明白功名利禄
皆是身外之物
如今人们
在实物　金钱面前
分成贫富
犹如扫二维码
看一眼　就把你归类
对待感情什么的一切
却好像不再经意
至多如红迷之间
给一种淡淡的致意
对别的事　认为
已经很有爱心了
这是否　一个网络化的社会

把人的价值观
瞬间洗白

六十五年来　当我们参观了
大英博物馆的泱泱收藏
多么地伟大
蓝迹斑斑映衬的微光
却是百倍千倍
圆明园的血贡
或是罗马城
用千百奴隶身躯筑就
历史留下的几点文明痕迹
已经被时间磨损得
变成了锈迹与黄土

希腊竞技场上
总算催生了奥林匹克
将十字军的东征
玛雅人的遗址
数不清的战争
尽管大马士革
尚有六千年建筑
圣彼得堡文物
连片 200 平方千米
世间至今留下的实物文明
实际上更多的是
坛坛罐罐　残垣断壁

建筑物作为凝固的音乐
小到　一间草房
大到　一座城市
许多精品多为玻璃幕墙
鲁班奖没拦住塌房
倒是乱涂鸦的声音嘹亮
豆腐干式的建筑形象
一如人类脸上的伤疤
把自然　实物文明的城镇
变成了一个桶
什么东西　似乎
都可以往里装
我们还能
让蹩脚的愚公
把地球泥土　化作
过家家的手中沙包吗

实物财富
可谓千百年来
人类智慧的结晶
无论是高值低价的
斗笠　犁头　大刀
或是电脑　仪表
倘若　不想保留
也可回收
构不成文物保存价值的
就把它变废为宝
将资源财富

用到该用的地方

人类社会

社会形态更替
热闹了几千年
似乎又定论为五种形态
并认为
随着物质基础的增加
更替在加快
过去的理论很一致
经济基础决定上层建筑
又说特殊情况例外
其实　在今天
O2O 线上线下
4.0 工业形态
5.0 企业成长理论
还有社区 3.0　城镇 3.5
都在呈放异彩

历史　就这么不输时间记忆
如果今人再说胡适是大师
其他人狗屁
那么　可能忘了
胡适与冯友兰之争
中西科技差异

中国师道尊严疑今不释古
忌超先人品德
西人释今疑古
超越　成为动力之源
把别人边缘化
也可能外缘化了自己

如何检讨文化传承
是得好好思考
制欲止奢　事业勃兴
国家文化沿袭
不只是人的文化
也是地方与国家的筹码
研究社会形态发现
建设一个法制社会
确是好社会的核心
表现为无论家庭成员
劳资双方　亦或官民
应有协商的态度机制
如果一方高高在上
以强凌弱　那是霸王开弓
法制社会的硬伤
协商文化决定了
建设的质量
以及时间和进度

至于团体文化共识
可理解为社会机构生态

不论组织体量
大小　实力强弱
都应以合作精神
共同讨论社会事务
不然　权力托拉斯
伤及别人　也不惠及自己
六十五年的酸甜
比如历次政治运动
又有谁是赢家
其实　社会是一个实体
人文团体文化
合作态度　能力
夯实　支撑着
民主法治社会成长阶梯

家庭共识文化
上升为国策
或许可构建公民社会大厦
古往今来　中国人重家庭
但又缺乏
家庭共识文化
显然　上升为国策
最为急迫的
可能是习俗　方法　观念与态度
显然不宜以高低大小论英雄

第二章　社会心态

边界

上帝显然有要求
人之本性　参与慈善
百分之八十富裕财富
应当回报社会
反哺是一种法则
父子妻女兄妹亲友边界
回报的是自主与自立
面对复杂事情
依情依理依法而行
以充分合作精神
全面地推进
共识　家庭美满
可造一方沃土
法制社会建设
才有坚实基础

人　无疑是
社会重要元素
若说　重要得可以为非
作歹　就成了天经地义

显然　我们不能将边界
随性地拓展
把知错认错视为老实
拿不准对错
却把认错当成老练
像家庭某类成员
错不认错或无错认错
亦或自以为是地认为
叔伯表亲读书治病
你出了彩就该多给帮助
我不管你承受力　乃至贪腐烧抢
以致把夫妻　公婆　兄弟关系
搅成一锅粥
那可能太令人神伤了

自立一点　自强一点
也就不至于
愚弄自己与别人情感
如今仍有人质疑
历史是否该选择共产党
显然这有可能
是对当年国民的
一种侮辱
因为　自说自话
便是一种不屑
比如有人说　鲁迅的斗士形象
虽然　今天不被众人称赞
但在屈辱的年代

宁愿站死　不愿跪生
人　总要有那么一点骨气
人不就活一口正气吗

试想　抗日战争
是中国人民近代
唯一一次彻底决胜之战
百年压抑心中的
巨石掀起
相信了共产党
人民当家做主承诺
而国民党当年的地主　资本家
与富人形象代表
怎么可能为一国之主
这个边界分不清楚
可能交流就无语了

神坛

缺乏边界敬畏
可能会自筑神坛
当然　国民党执政
公道说　军阀混乱
国弱家贫
战争不断　民生艰辛
实在不容易

若是抗战后放下架子
与共产党合作
或许中国民主
已经今非昔比

如今激情改革
已近尾声
迈向务实进取的
深化改革
正以现代治理
向前推进
依法治国建设
成为国家与社会发展的
目标　动力　保障机制
与方法体系

政府公信力好与否
不是自说自话
或剥夺别人发言权
皇上的梦醒了
还要上朝打工干活
今天的中国
公正的社会制度
以及价值和公平建设
只处于社会发展中期
显然　急不得等不得
因而　谅解政府难处
体谅国民苦处

理解社会　多少刷些糨糊
可能都是现实

个人而言
安身立命　一生勤奋
养生养情养性
像北大长寿系诸公
他们不用钱　用心
为国奉献智慧
才有老来青春
正如儒家讲德　道家保真
释家净心　自然与礼教
政治与经济
今天已经在大融合
只要心好　行为正
还怕青春不久停

当然　也有人认为
社会教育体系建设
迫在眉睫
面对云淡风清的国民心性
国家是否　可以考虑
爱国教育　政治哲学为先的做法
不如从普及常识
来得实惠
教孩子背《三字经》
不如给孩子派工学技能
除尘　洗碗　拖地板

从小进入生活角色
人生　毕竟是个讨生活的过程

文化力

我们不能忘记
拉丁文明
点亮了近现代欧洲的航标
确立了
在全球的领导地位
英语文化更像是
撒向全球的种子
在不丹小国
也能生根发芽
汉语言的坚守
方块字也能数字化生存

美国是个
车轮上的国家
搬家　行李简单
不带走一片云
却带配偶和未成年孩子
中国人不好迁徙
却常让夫妻
孩子与父母分离
家庭之壳　显然

不应是现代文明的展会
四大商业文化　也是
四大文明存在
还有众多的文学　种姓
或科学实证与范式
都有自己的空间
作为社会精神的
人与机构
显然不可大意

刚劲的斯拉夫文化
碰上戈尔巴乔夫
新思维还没写完
一个流血千万
换来的苏联
樯橹灰飞
从而世界上第一个
社会主义社会国家
荡然无存
六十五年的历史
再上溯千年
故事实在太多太多
未来的故事
可能更有应接不暇

众所周知
政府是社会政体中的承载
代表上帝管理人间俗务

企业是经济活动的中坚
为国民生存生活服务
团体　社会成员间的纽带
联系千社万家
国民　社会精灵
没了他们
社会大戏难以演出
缺了谁
社会主体间　可能
只是一个孤魂野鬼
何言伟哉

我们知道　原生家庭
和文化很好很温人
法律　固然是顶层设计
且靠证据说话
但法律不是冰凉手铐
而是　最低限度道德底线
宁拆十座庙　不毁一桩婚
古训　在法律与人性面前
已经给足了证明
理性　客观　公正　谦让
是一切底线的边界
也是底线的底线

人　只有善待一切
自然　实物的
回报才有可能

人与自然
既然相会　肯定有缘
记住了
我们只是一个元素
一个文化符号
一个人是名词
一群人则是动词

第三章　好社会目标

标准

我们相信
一个伟大的国家
民族是站着说话的
国民是爱国　且心有所属
爱人类爱自然的
也最尊重
在意自己同胞
社会可以没有人为伟大目标
但可不能没有高洁的行动
小鹿不撞心难动
心无所属云层低

国民企盼
有一个好政党　好政府
还有好人民　好社会
投诉有人理　困难有人帮
夜不闭户　路不拾遗
环境较如人意
美好的东西
谁不欢喜

美丽的风景
谁能说
没有一点意思

春秋百家争鸣
宰相也结党营私
以恶制恶　不能持续
秦汉连坐　诛杀九族
唐时朋党　宋之伪学
元代窦娥冤　明时长城泪
清元文字狱
每一个朝代
虽有成就可说
但社会冤屈
不能让其历历在目

看来，好社会建设
实在不容易
它涉及一个民族
内心强大的基础
一个容忍的国度
必有好制度
国民　才能持续不断地
反思忧患
不在歌舞升平中
自我陶醉
才能将
所有灾害危机

扼杀于萌芽状态

但是　綦江彩虹桥下的冤魂
鄂尔多斯与呈贡“鬼城”
乃至今天的空置小区
高楼鬼吹灯屋
伊始可能都是
决策者津津乐道过的
顶层设计

顶层无底线交点
理想可能如脱缰野马
战略失策　有可能成为空想
还有败家的成本重车
以致把人拖垮
因而是否需要
在顶层设计之前
首先规划好项目
以及社会的底线边界
它一如大厦之基
人之中小学经历

定律

我们知道　在生活中
有三大基本规律

可谓符咒
生物进化律
优胜劣汰　互为因果
能量守恒律
此消彼长　互为动力
黄金分割律
天人合一　互为美丽
它　告诉我们一个道理
没有单体单向单行的美好
只有永恒的因果
一如　甲乙丙丁
互相合作

底线　作为行动的边界
当天上按下　一个静音键
便有一个触地开关托底
可能产生一种新的
平衡能量
绽放出百花丛中新的
守恒风景
诚然　没有梦想
也就缺了标杆
将不知船行何方
一如郑和下西洋
忙了船工　用了税收
为了友谊　宣天朝威仪
还是为皇家找奇珍异宝
添宫廷一笑

却不是马可·波罗旅游
好玩　又很实在

社会上行发展
如推石碾上山
经济下行压力
是社会进入
发展中期的必然
但却不是
推卸责任的借口
无论个人　机构　城镇与国家
都必须认真面对
否则有可能
因自身轻视
把井挖得更深
用今天的标准
去批评明天
可能不仅是笑话
还会出现自我掌嘴

十年前央视热捧的
三个美丽女孩
以超级正能量
引起全国青年与家长仰慕
坏男孩韩寒受打压
被国人惋惜与不屑
如今　远走他乡的美女
不仅拿绿卡

还嫁作洋妇
坏小子一路走来
却成了青年代言人
所以　给未来作结论
多少人有这个本事
实在有些玄乎

好社会目标
国家希望
国泰民安　民富国强
国民要求
政府清廉　社会祥和
友人期盼
多给帮助　笑语相伴
行为　有法可依
态度　平等友好
风气　清新吉祥
还有　大家都守纪律
政府　将权力关进法律笼子
政党　不搞阳光下的阴影
机构　恪守行业底线
百姓　护家睦邻助弱
个人　忠家博爱平等
目标虽然高了些
理想不能降低
标杆更是动力

教育

社会教育　意为引导
拉丁文本意　我们学了多少
精英大学教育
中国肯定毛病不少
北大清华　超市多多
令人敬仰的斯坦福与牛津
已正变得像加工厂
获得终身教职的
不少可谓政治高手
世俗之年　净土几何
但教育的成就
也是历历在目

不要把什么罪过
都归咎于教育
学习　一生的事情
人生就是一段旅程
人生是难　只有一次
竞聘是难　可多次选择
为人不易　真诚就好
荣誉是好　过眼云烟
地位羡慕　责任大于天
金钱是好　负累不少
幸福生活　心平才有
保持心灵健康

教育才可能结出硕果
改变山头式教育
不在模式
可能在心胸

万科　做老大的逻辑
其实也是
大学教育　山头主义的反映
中移动　中石化的缩影
80 万青年工厂的富士康
诠释了儒释道文化
浸润的社会心灵
让民间活力与改革悲情
写在了
张口结舌的青年工人
和上亿打工一族脸上

开小车回家
过年的面子
将乡村堵车
写进地方志书
释放了国民成长的
狭隘与就业雍容华贵
也有国家习俗　春运的无奈
至于一体化的
社会体系建设
养老单双轨　年金普及
也就成了必然话题

机关企事业单位
怕被拉下水
社会人士
想上岸的猜忌
已就提上了议事日程

社会建设
也是一个历练过程
精神不万能　没有
却似行尸走肉
泰山崩于前而色不变
麋鹿行于左而目不瞬
显然不易做到
韦小宝抄鳌拜一次家
终身富有
风际中投降得财
却一辈子仍为穷人

认知心理学云
教育　千人千想
任何人的结局
大势　国之制造
小势　性格命运
康熙武英殿摆西药
却没能引入现代医学
把《黄帝内经》
像西方撼动盖伦医帝
文明漫不经心交会过

没能将洋教士信息留住
却朝各方散开
机会流失
往往在最激情处
正如改革轮回
百年周期演变为
三十年左右一个甲子
如民间唱的
三十年河东
再三十年　可能是河西

譬如媒介的变化
纸媒声媒到全媒体
一代又一代
又将社交媒体语言
送至青年人掌上
从而民主制度建设
托付给微信运动
使传统民主向往
走向终结
参与政治　成了生活调侃
动摇了温和中年人的
代议民主情结
和主宰过程
洗白了激进的老年人
政治改革　要大刀阔斧
如天外之音

今天　选民可能不再是
达尔文语境的
政策自由市场
冷静购买者
超级女声的振臂一呼
有可能千万粉丝
把选票投给了
民众领袖
体制动员的
沉重与苍白
往往成了政策禁忌令
与政治教导

看来　国民修为
养心可解决浮躁
百丈高台始于垒土
千里之行始于足下
忽视是最严重的腐败
孤独也是残忍的饥饿
没有爱　没有责任
尽管衣食无忧　财政独立
同样孤苦伶仃
怀大爱心　做小事情
基督有言　心灵焦渴
养心　比一切都重要
养生与养志情怀　不是
一切不都可以解决了吗

事实上　中式民族主义情怀
常常充满了
悲情意识
创伤体验的
苦笑与不甘
弥漫了汉唐盛世的回想
与炎黄子孙谱系的追溯
经世致用的历史观
一直成为否定之否定
构建逆向思维
从而展示了
国民经久不衰的
雄心与脆弱情感
幸好　唐三藏留学拉兰达
百年来面对西潮
剩下的
一副中国文化骨架
没有奉洋若神
国民也没有自贱停航

其实　学问教育
可能反映国人治社
人本自私　理性推动
主流经济学的两大假设
显然有可能让位
心理与神经学
巧妙地与科学联姻
召唤中国式经济学

对昨天历史的不满
或是今天的不可心
乃至对未来的不经意
灵魂的语音
有可能偏离轨迹
为我们发出警示信号

好国家建设

在那个秧歌舞年代
为了好国家这个目标
我们有“三反”“五反”
“大跃进”的探索
还有初级　中级　高级合作社
到人民公社的政体实践
经验尚未成熟
基础土夯石磊
想筑现代化理想大厦
顶层设计便有些力不从心
教训却接踵而至
“右派”是打倒了
百姓家的炊烟断了
农业卫星没放高
砸了锅盆炼铁
20 世纪 60 年代饥饿死了人
大鸣大放大辩论

把工厂　农田
都染成了红海洋
以至　改革开放之初
广东的蜗牛烟灰缸事件
差一点
又把白天鹅宾馆的
开业志庆
说成饭菜也有阶级斗争

一个国家的命运
倘若挂在
姓资姓社裤腰带上
有可能因提裤人的不慎
或是执夜壶的随意
把小小家产
随心所欲地搬来搬去
小东西若是举轻若重
可能把吃喝拉撒
人权尊重　民主法治
这些大事
变成小菜一碟

回忆头三十年发展感叹
后三十年一梦成春
六十五年的社会建设
辛酸的不去回忆了
毕竟老一辈　好心
办了一些坏事

好在　春天故事唱起
南海的风还算湿润有力
吹遍大江南北
城镇发展　乡村开发
低碳环保　国际不断接轨
没成地球人累赘

文化

一簾花鸟王维画
半壁烟霞杜甫诗
文化建设
已拉开了帷幕
可能世间三苦的文化符号
打铁　拉船　卖豆腐
前二者显然已远去
剩下卖豆腐七道工序
走出了磨坊文化传奇
把九阳豆浆机
卖到了永和店里

其实　豆腐西施　是个好东西
赛比历史四大美女
小分子果榨机
有可能把延年益寿
变成日常生活

社会文化
从传统到现代
诗歌戏曲到商品
一如国家大小
没了高低
别人贴的标签　自己的争取
绿色或橙色革命
都变成了五彩石
玉树临风　登台表演
人人都可以
进行文化洗礼

当然　社会建设的复杂
一如评判大事不易
倘若把文化标签
随性地张贴
中国最有文化当属内地
沿海可能说成沙洲一块
没法活下去
文化有传统　商业分类
何必以偏概全
不然　会付出真金白银

为此　使人想起
法国人侵越
当法兰西将军认定
冯子材的茶和高度白酒
士兵喝了没有战斗激情

只会浑浑噩噩
像英人的鸦片腐蚀
中国人长枪放不准
短枪卧床上
却忽略了几亿人口
多数人不喜好那一口
国民的文化动力
来自千百年的国殇
照亮前进的蜡烛
一直拿在身后
不敢轻易张扬

好国家正在掀起
红红的盖头
迈向洞房花烛之夜
文化力　正在成为
国家的动力
如果仍把
南海边的沙滩塑料袋
珠江河的碰船
长江口的泥沙加大
黄河大坝的裂缝
北京的雾霾天气
都列为　对国家的诅咒
文化遭遇的
有可能是另一场灾情

城镇化

城镇　社会文明
进程的晚宴
当 1871 年芝加哥大火
几乎烧毁所有建筑
现代建筑主义报告
迅如飓风　热销全球城乡
乡村　一座座新城拔地而起
城镇　旧貌换新颜
作为资源分拨
开发利用中心
城镇成了人们梦想的天堂
广阔天地　却成了
爷奶爸妈的故乡

人们认定　城镇化
建筑是 GPD 与生活质量
无尽的魔力
会使人们的潜能
发挥得淋漓尽致
造城　建校　开工厂
小区　社区　CBD
马路　高架路　地下铁
最好一古脑
把农村建成城镇
城镇建成乡村

来得过瘾
推动后现代主义
迈入超模征程

的确　城镇化诞生
百分之九十 GDP
科技　教育　文化　法制
无不在城镇写生
人们的一切渴望
与伟大理想
让城镇体面　辉煌
享受人类无限崇敬
还有老太太烧烤店的笑声
北上广深杭　周庄与凤凰
不输礼仪谦让
盥洗间的 TOTO　感觉一样
伟大的人类　激情四射
可把太平洋海水　抽到月亮

看看无数个中国城　肩搭红领巾
马甲确实像麻袋做的背心
前三十年照着苏俄建城
却丢了东正教
与彼得大帝元素
后三十年仿美发力
显然也少了
牛仔文化与空间折腾
以至成都麻将　广州早茶

海派京派华阳派
显然　都涵盖不了
城镇文化亮点
反倒用包容打特色
实为武媚娘做皇后
一招比一招奇

第三个三十年　中国城市
面临的是个性化改造
不仅因为雾霾　城中村
还有形体　美容　文化
生活乐趣　人性卫生
以及历史的回味反超
标杆还是不少的
华盛顿的产城生态一体
米兰的时尚
洛杉矶的一半是电影
耶路撒冷的宗教形象
牛津的知识学术
黄金海岸的心海旅游
巴西利亚的政治文化
透过人腿组成的森林
水泥与玻璃交织的房屋
北京人在纽约
纽约人也到了
北京　威海　天津
联合国也来
插上一脚宜居之城

如今　大城市郊的桃源
又上演了
一出出鬼区鬼社鬼城
至于漂亮的鬼楼等等
有权威部门消息称
中国已建在建楼盘
可住 40 亿人
显然夸张了些
若说能住 20 亿人口
可能没有多大问题
正如许多希望小学
Wifi 不了的地方
生活没有星光
至于刚建成
又人去楼空的小屋
人类的社会成本
该如何控制
实在是个课堂

如今有一种现象
绑架趋势　社会平台与权力
把经济引向何方
显然正义常在彷徨
文章匆匆发表　演讲慷慨激昂
谋划为国为民
文件出台铿锵
背诵着核心价值观

住着宜居别墅　游戏三妻四妾
拿着绿卡　开着“两会”
人生得意须尽欢
可能会有金樽空对月

一个日本名模说
日本青年不喜欢战争
倘若中国开战
她一定去做慰安妇
岛国的社会情结
令人有些惊奇
可更具讽刺的
全国人大政协 203 位富豪代表
净资产 2.9 万亿
超越美国国会　全部议员资产
前者代表无产阶级
后者被称资本主义

好在人民币
已展开跨境双向投资
但愿股权众筹
与接收技术移民
能够将 13 亿人的消费
以及收入同步提升
社会便能包容发展
创新驱动
人性往正义升华
无论以国为家

还是以家为国
每个人心中　都有一杆秤
和一个声音
乃至一把刀

社区　城镇显然也要
无缝连接
而不是此消彼长
亦或楚河汉界
《物种起源》告知
最后能够存活的物种
既非最强壮　也非最聪明
而是对变化做出最快响应的
环境是一种选择机制
反应快速
是一种生存策略
社会各事物
又何必说三道四

第四章　建设好社会

形态

社会　不应是一个桶
可能　是一个现代化库房
油盐柴米　以及什物
干净　整洁　有序
连老鼠也躲藏不了
可能就是一个好仓库
好社会的标准
可能多多
但好人民
肯定是好社会的核心
如果　在大街上
仍见随处吐痰
或是三句话
便恶语相向
文明社会
只能是摇头　加叹息

我们幼时上学
知道了小孩的标杆
奶奶你的桃

孔融让梨　千载悠悠故事
雷锋叔叔不好当
曲啸说　心底无私天地宽
无私　不一定做得到
兼顾　应是做人标准
服务能力　态度
还有整洁的衣着
个人的卫生
亦非个人私事
英国绅士　不只是个人风度
也是穿给人看的
社会的相互依存
何言个性最伟大
木秀于林　四周皆稀

人民

好人民　一定讲诚信
在家　忠于家庭
在单位　忠于工作
在社会
忠于国家　省市　乡村社区
王连举虽然多活了几天
邱少云可能短了命
但两家的亲人数百
绝对是冰火两重天

价值　不大可能
一天两天定论
行路端正
才可能不冲出路边
以致　掉了链子
好人民　肯定是
品端的善修者

修为是很长的过程
互助友好
不传递负能量
在单位
不偷鸡摸狗
在门前
不骂街乱丢垃圾
在亲朋中　能助则助
不能为之
当言语一声

倘若乡村的河流
洗了衣服又洗粪桶
鱼儿见了就逃
石头泛绿　青苔长了眉毛
卫生城市靠自来水冲洗
文明城市贴商标
城镇化　新农村建设
若是这般
肯定好不了

莱茵河大马哈鱼洄游
十一国作为唯一治理指标
我们也是否可以
把几百项指标简化为
妇孺可记忆的几条
便于实操

好社区

好社区　是好社会的
重要细胞
如果一个小区有游泳池
卫生良好
晚上还放了怀旧电影
《一江春水向东流》
《智取威虎山》《铁道游击队》
《苦恋》《芙蓉镇》
也有评比　表演　卖东西
不见吸毒　逢面笑笑
佛家有言
算命信命　不如行善微笑
待人待物持家有序
还怕运程作弊吗

至于尘土飞扬的小镇
街边小猫小狗

到处拉屎拉尿
行道树被刮刻字
景区树干上
有张三李四到此一游
那我们还有脸
讨论什么低碳环保
唯有资格的是
心中吃了只苍蝇
显然　城镇化进程中
宜居宜游宜乐宜创宜业
是城镇　好社区的花雕
如若雕虫小技玩几招
没有也就罢了
拥有
可能更是一种心痛

调查报告显示
拉丁语系覆盖过的澳门
却拥有
260 个粤剧社团
还有数十个英语
与伊比利亚文化组织
几乎　所有居民
都有快乐的栖居
无论学者　还是扫大街的
都有闲暇的文化
相信澳门不是唯一样板
也非完美范儿

南街村的传说
华西村的故事
昆山一直写县域的传奇
但是　样板就是样板
拣几条关键指标学学
就可以了
切不可照搬苏武牧羊
回眸一瞥
天下都老了

国民宪章

有人认为
社会问题日益突出
信仰忠诚相继沦落
道德成说教笑柄
台上振振有词　反腐倡廉
台下泡妞　豪赌　四处逍遥
语言一票否决的全覆盖
容易混淆对象体重体轻
也可能暴露出
自己没有专业水平
连“准确”二字
都可能写不准
往往喜剧开始　悲剧写生
好像不是

成熟社会的影像
许多人　许多事
常常把自己甩进泥塘
还说没大没小
亦或写上儿子欺负老子

人生在世　追名逐利难免
把饭吃饱
是为了能量需要
把酒喝足
可能上帝
等着你早些汇报
酒色财气　不能都输不起
抄近路显然是取巧
不一定是无奈
若让人性　社会黑洞
成为常态
把涨了工资嫌少
发年奖说成要建制度
得了表扬说应该
不知足
可能是一剂春药
梦醒时分　后悔买不到保健

建筑的特色
豆腐渣工程
不用去讲
今后　肯定还有一轮

从伪古董　伪古街
伪建筑的
大行其道
蔓延至伪园区　伪理念
以及伪规划治理

城市宪章
要求临街临路的
居民和单位
不仅不乱丢乱放
还要扫尽门前雪
《雅典宪章》还规定了
作伪就是愚蠢和犯罪
中国式文化教育
是否该加点
早餐教孩子做饭
说声谢谢父母晚间的面汤
回归常态
不是说说就可以的
人性光辉
靠实实在在的
锅碗瓢盆洗刷

社会正义
是一种宪章制度
个人正直则是教养
人法地　地法天　天法道
道法自然

芭比娃娃
典雅了一轮甲子
拉里恩却让 Bratz
用瑕疵超越了经典
社会进步　是在时间的牵引中
把故事不断讲述

有人认为
功能性文盲
是时间的打磨结果
其实　它是人性的懒惰
网银与 OK 售卡套现
显然也会开了逃犯小人天窗
混和所有制与特许行业
都是现代化社会的至爱
并认定国有经济
公共产品
与服务主导
正在用核心价值观
吃着草木虫鱼
把国民宪章
加了麻辣烫

第五章　行为规范

利益

中小学是一个国家的
形象与基石
大学　是一个国家的
使命晴雨表
当一个国家
把名校办成了
职院式的螺丝钉工厂
又把职院办成
学历教育的“三不像”
在利益面前
学术便有些支离破碎

指责　几乎起不了作用
规范　忙得不可开交
御用学者的反弹
揣满了腰包却疾呼
经改是功利主义
这种不被妈妈
训导过的孩子
失落后哇哇哭闹

社会这件外衣
好像谁都可以披一披
也就不足为怪了

一些人把社会
当成一个盆
缩小了放汤和水
放大了脚踏风火轮
拳打镇关西
亚当夏娃偷食了禁果
蛇不可能负责任
不宜像孔乙己那样
整天喊儿打老子
亦或范进中举
忘性中风
和珅牛气
把国财视为家财
直到财多压死了
倒省了上审判台

改革

建设好社会
如何改变庭审虚化
改革又到了关键一环
刑法明文规定

不能轻信和以口供定罪
侦检判人员
却没有口供不能结起判
检方起诉权
与法庭审判权的改良
可能需要一个简单日程表
以组织名义
稍带把一哥的表态
或权力机构的
政策批发打包
以发展带动为由
让市场经济的美声训练
纳入正规化轨道
社会建设
才可能有更好的声调

改革　是不断
重新分配资源
可能触及既得者利益
许多反弹现象便成必然
全国“治超”14 年
曾经四个“大盖帽”
拦不住一辆超载车
以罚代管　可怕循环
让“治超”陷入恶性逻辑
创收天经地义

社会建设

弄虚作假　害己害人
不能像医治肿瘤一样
三分治死　三分吓死
人怕死　医怕真
你给个承诺
兑现了多少
哪个耳朵可以听清
似乎可以搞清楚
治理　需要的是
规范认真

养心

少年时　父母代言
青年时　自己高调表态
若到中年　人生裂变
故事不多　病伤残不少
但我们相信
莫道浮云终蔽日
应信绿叶乐扶花
我们似乎还记得
当饥饿的历史远去
衣衫褴褛的小女孩
举着半个馒头
迟疑看着病饿中的母亲
终于还是咬了一口之后

心有不甘塞进妈妈嘴里
这一幕　显然不能忘记
世界如今仍有 10 亿人口
生活在贫困线以下

不能说我们农村的茅草房
袅袅炊烟已如天外之景
年青一代
许多人难分亲友血缘
妯娌曾祖
到了印巴大地
才恍然大悟
原生态
不一定是文明的盛宴
却是一份心灵的守候
真应了古训
读万卷书
不如行万里路

养心　不是一件易事
相马　护牛　赶猪　打狗
不是每一个人都有的胸怀
做商人也一样
成天想着赚钱　出人头地
不钻进铜钱孔
不干天下一大钞
也有可能
把自己吃成大肚

至于做一点
鸡鸣狗盗的小学问
当私利吞噬正义
谁能埋得了后果

过程　是一道风景
当然　也不要老想着
小桥流水人家
还有断肠人在天涯
公民社会　谁都有责任
如果能像　科学家那样思考
就可唤醒改变的勇气
正视不满　悲伤
显然需要　像农夫耕田
一犁一耙　偷懒不得
不然　我们都有可能
回到原点

主体

社会是谁
百姓　党派　机构
也是角逐的名利场
若是只剩下
赤裸裸的
权力与金钱关系

社会风气
将以一元人民币为标准
在每个人面前
树起一面镜子

其实　社会应是
一个温暖的家园
倘若没有能力
给住在山上的农家建房子
却可以装根日丰管
送水送电
也可学习马来　尼泊尔
政府再穷　百姓再不殷实
在村庄也要
开辟一块坝子
做足球场　或者
建大众体育室

社会主体
还有宗教与政治
哲学　科学　技术
与文化的关系
宗教作为学问之祖
是人性的灯塔　社会的底线
可以担一份人性责任
但也不能将之
凌驾于政治　社会管理之上
政治作为一门学问

诞生于宗教
是政体和社会
治理标准的选择
但若作为一种意识形态
如宗教顶礼
则超越了宗教　国学
可能有些风险

哲学是一门
关于人的观念的学问
是宗教　政治的女婿
学问之母
倘若以它为筹码治国治乡
那资本还会长久地留在西方
科学可能源于哲学
是学问之父
现代社会发展的中坚力量
技术则是现代社会的手脚
源于科学
社会发展抓手
哪一样都不多余
却相互依存　补充
以及学习和汲取营养

倘若行走在
印度北方省路边
到处可见男女田野大小便
开始似惊似叹不习惯

憋慌了
国际化就在那一泡尿之间
明白习性　习俗
还有环境尊严
也在那一瞬间
气定神闲
倘若过头　自己玩
大家都可能没有话语权

在地方　民族　特色化上
社会主义是一种潮流
地方主义
是一种基调
意识形态
可能是一种治理选择
过了　显然就是
宗教式崇拜了
我们不能以街痞
或流氓无产者心态
老想做穿西装的乡绅
挽袖管的市井
或是叼烟斗的土豪
还把别人说成
穿喇叭裤是混混

第六章　全覆盖

国土治理

自然国土　主权象征
实物国土　文化情缘
人文国土　政策打分
城镇化进程
也是国土治理过程
全覆盖农民
享受城镇生活
城镇居民
享受乡村公园情调
延伸到海洋
三沙市不再单调
立体的管理机制
还有包括对沙漠的治理
即便青藏高原雪域
也把列车
开过了冻土
还可能向樟木口岸
往南伸延

今天的城镇化

有过再次以人为中心
把城市群固化在
八亿人口
显然还需普及到家庭　食品
进而思想　学问与学生
地缘政治
可能需要确立地域文化的
不仅仅是开发
更多的是责任
才可能如 1945 年
毛黄窑洞对政权周期率
只有人民起来监督政府
只有人人起来负责
才不会人亡政息

县域地位　需要
中型企业支撑
不能说新三四板上市
是知识企业
注入传统企业的
资源资本或证券化
就万事大吉
做事业　靠精耕细作
即使大到城市群
文化空间形态的确立
也由民俗与产品诸多元素构成
又如 65 万个村庄
也有自己的文化或社团定格

全覆盖要求　不能够
遗忘每一寸国土
落下每一个公民
遗忘每一个元素
忽略每一点人性
不尊重每一个国民
不然　我们可能
只会顾此失彼
因为　我们生活在
互相依存的社会

角色

人虽然可以没有专业
但不能缺少生活　态度
和客观分析的常识
否则　可能如一个怪物
写的都是歪诗
其实　藏在书斋　堂馆
以及记忆里的历史映象
不只是人民写的
也是实物　自然共同完成的
家史　是民族心史
也是变迁史
它是大历史组成部分

落下了　就可能是
以大欺小

机构史　也是中坚
承担经济荣誉
以及话语权
如果没有政府部门
没有孔子公司　胡雪岩公司
邹城的孟子园
以及民生银行　中国银行
和心理学协会　性学会
那可能文化所及的
就有了几分苍凉

政策

远的不说了
六十五年的政策回首
可否这样理解
我们从试验　试点
正在走向全覆盖
与西方不同的
它们是从全覆盖
再迈碎步　打点滴
东西文化的差异
说大了　是价值观

说小了　是治理方法之别
任何社会形态
不讲逻辑思维
可能是个硬伤

其实　讨论起来
东西文化
也可以如中西药兼容
有人说如果我们
早吃透了这一点
过激的专政或“文革”
不一定会发生
却有可能
迎来一个中国式文艺复兴
其实　这已是自话自说
发展　哪有那么多先见之明
正如在争议中实施的改革开放
理论务虚会
开了一年零三个月
还是邓公说不要争了
实践检验真理标准
才让一部分人先富起来

权力型项目审批
差一点成了滥觞
却促成了一些人
权钱交易的欣喜
把社会生态玩于掌间

价格司的群腐
不知为国家留下多少硬伤
还要百姓埋单
一个科长
家有黄金百斤　钞票过亿
不是个案那么简单
还有民心的得失
翻脸不认党

如今　市场经济发展门槛
病房的三六九等
VIP 室的千奇百怪
银河度假村里的
总统套房
还有专享的泳池
三国四方的奢侈
若说与己无干
社会便可能产生一丝凉意
如果说成是
当局者的治理得失
有些政策的导演
慷慨悲壮撇开问题
羞羞答答地　把改革责任
推得一干二净
显然缺少担当

毋庸讳言
公民素质　乡村治理

国家　国民　社会建设
显然每一个人
都有传奇的使命
如以全覆盖画条线
过去了　检讨　宽容
不去纠缠
民主　法治　公平　公正
全覆盖朝前看
不仅是符号
更是国民　国家
社会的共同准则

如果这一波
我们的社会化体系建设
不能从源头　底线　笼子做起
还在像医生给病人输液
或是借口条件不允许
只打打点滴
患癌症便天经地义
把做了错的事
说成客观上的
交什么学费
西方的批评
就不再是一个讽刺
而是　我们
有可能对不起自己
把现代社会建设
当成了儿戏

第七章　民心向背

性格

若论给对方做结论
如果能申请专利
每一个国人
都可能成为冠军
看看幼儿园评语
小朋友就有活泼　听话之说
读到小学　改进了 ABCD 评分
中学能读书的
被认为有出息
老师赞　邻友评
让体育升学　也可加分
竞技教育
把每个青少年的花季
背负了深深的商业印痕
大学校园天之骄子
实际上　招聘者
更多看何校出身

身份论剑
往往胜过拼实力

以至　一个大学毕业生
看不上小单位
认为自己
可以比拼杀敌
口里讲想当学生
心里念着高工资
却不肯　一点一滴
学点真本领
只希望别人关爱
不想自己忠心做事

有人说　社会已呈乱象
哪一行　哪一业
都有许多问题
政府　批评不得
官员　指责不起
商家　有钱就是老大
百姓　无官一身轻
显然谁都
骂不得　评不起　说不了
你不待见我
我也不真瞧你
你不真心恋爱
我就先跟你 Bye Bye
换回自己尊严
老子　儿子　孙子
都是爷爷的爷爷

社区或项目开发
拆迁　动员了
武警　村民　媒体
还有利益集团
可能使出些流氓手段
不怕你钉子户
还是村民对峙
开弓没有回头箭
我的饭碗
不容别人染指
百姓亦自有办法
狡兔三窟　龟兔赛跑
蛇有蛇道　猫有猫路
癞蛤蟆无路
蹦三蹦
也是一大步

国人的心理性格
以及办事方法
归根结底　一些人
缺乏起码的友善态度
和社会责任
少了反思与检讨
如果把现代人的
文明素养
植入教科书　工作纲领
读读《圣经》
总比杀虎虐豹

显然要强千倍

反思

六十五年　我们未建立起
反思文化
每一个人　都可能
成为事前庞统
事后诸葛亮
但我们还没能建立起
德国人对战争的
检讨反思哲学观
美国人的
国家危机意识
与逻辑分析方法

国人谦虚的文明
往往表自己的好
比别人的不是
以至形成这样的
心理文化现象
政府怕别人指出问题
总爱宣传
自己的光荣正确
百姓怕他人看不起
打肿脸也要充胖子

机构怕人家说小气
来了客人借豪车

实际上　它反映了
一个民族的
脆弱文化心理
以及国民
普世价值观的缺乏
也暴露了传统文化
表好不表悲的局限
高深不明态度的含蓄
实则有些故弄玄虚
反思　不仅是一个态度
更是　一个民族的哲学观
和社会文化基质
永远把自由主义结论给人
马列主义桂冠
戴在自家头上
可能算不得汉子

反思　是有内涵的态度
在家　反思
是否充当了合格角色
在单位　反思
是否尽心尽力
在户外　反思
是否人模人样
在社区　反思

自己做了什么有益的事
其实　反思我们
不好的东西
你会发现
天地大得很
而自己　渺小得可怜

检讨

检讨　是反思的行动
光反思不检讨
等于承认犯错
而不改正错误
同理　检讨不反思
没从根本上挖掉病根
国人常有
虚晃一枪的习性
弥漫在各种场合
日本人虽然
不反思自己历史
与邻国关系不睦
却有检讨国民的
精致心态
成就了当今日本创造

英伦与伊比利亚人

给人造成的伤害
也不见多少反思
但他们
显然都有一个共性
在社区　乐于参与发声
在街道　不随地抽烟扔垃圾
在城镇　以爱护心态称赞
在单位　批评他人严于律己
在社会　人人以慈善为己任
显然　能检讨自己行为的民族
才可能更好地
把国家建设得富强
将社会建设得有序

检讨　是国民与国家行为的
排毒之旅
吃五谷　走社会
行尘道　伴俗人
挺着个碳水化合物皮囊
领着个机构车马
哪一个是没毒的
当五谷之毒排出
我们便有了
补充营养的欲求
米汤　萝卜　青菜
新陈代谢　健康带来
何乐而不为呢

检讨　是全方位的
在家　检讨自己是否尽了责
如果他人不待见
可能自己
哪里出了问题
在单位　检讨自己努力了没有
是否整天摆着个苦瓜脸
还要别人对自己微笑
自己语无伦次
还要别人小声说话客气
在社会　检讨自己的行为规范
是否殃及他人

政府的检讨
显然也是至关重要
管好了官员没有
官员越权了没有
施臭政了没有
牛逼轰轰没有
是否把手伸进公家钱袋
把国当家　把家当领地
甚或把自己当皇上
人前人后
腰板直直　表情张扬
目空一切　走路铿锵
话语一出　居高临下
貌似不食人间烟火
实则　一副忽悠皮囊

机构也要检讨
发展手段是否健康
立志发财　不择手段
坑蒙拐骗　四处招摇
那是骗子
为职员生存发展谋利
奸计使用不得
或者宣扬
有钱就是老大
看看百分之八十民企死亡
百分之八十政府机构威信不高
百分之八十居民没有形象
还有无良商人
无良官人　无良的百姓
似乎都应检讨
皮之不存　毛将焉附
我们究竟懂了多少

友善

《圣经》《道德经》与《古兰经》
显然都有一个共识
把握命运最好方法
不如开仓行善
发奋为人

为什么　一些外国人
来到中国　也会
随地丢纸屑　烟头　吐痰
为什么中国人去了欧美
看到人家环境那么激动
废物揣包　讲话斯文
还说了
回去要好好努力
把自家的心舵调正
过了一段　却偃旗息鼓
看来　社会风气
以及环境打造
实在是　共同长久使命

好社会建设
是民意　民心与民本共鸣
当轩辕皇帝
铸的天鼎　人鼎　地鼎
将华夏文明提早了一千二百年
老子　孔子　佛陀
同一时代伟人
也创造了
三大文化现象
进而将佛界诸神
菩萨罗汉护法僧
觉者是佛明
又延展到
三方五方　横三竖三

佛不称神

佛家云　社会建设
宗教帮衬
文明古国　随处有真经
菩萨有情亦有觉
胁侍　圆觉与观音
四大菩萨可写真
五百罗汉添锦锈
十大弟子念经文
诸天护法二十四神
达摩拾得人间真情
济公肉身不念经
华夏二帝　炎黄创世
福禄寿神　信仰为真
俗界诸神　遍及行业
幽冥世界　人神可分
好社会建设　修佛扬人性
成本　安全等
一笔一画皆写生

13 亿人口　13 亿颗心灵
脱贫奔康大责任
强国富民大经
治国依法提速
节俭改革民心
安全发展　和平相交
练好内功　济国助邻

倘若把铜钱当成大洋
改革视作瓶颈
困难比作登山
畏难地义天经
好社会建设
不仅道远任重
更是难拾
正能量千年梦境